U0164722

打波才落雨

迎來好運的36堂課

龍震天 著

連天都幫你？
改變運氣，其實唔難

　　許多人以為運氣是先天註定的，但其實，改變思想、轉化心理，足可影響運氣。我從數年前開始，就已經對「改變運氣」有著濃厚的興趣，而「怎樣可以改變運氣」也是我一直以來研究的課題。所以，我和文化會社合作出版了一系列教人「怎樣透過改變思想去改變運氣」的書籍，得到極大的認同。

　　過了一段時間之後，我開始想到另一個問題，就是——成功的人，或幸運的人是否有其特定的行為模式？

　　我將這個問題問了自己很多次，到最後我得出一個結論：就是與其自己猜度，不如廣泛發出一個大型的問卷調查，看看自認為運氣好的人和自認為運氣不好的人在思想上、行為上是否有顯著的分別。

　　結果證明我的心血沒有白費。研究指出，運氣好及運氣不好的人都有非常特定的行為模式及思考方式；如果我們學著運氣好的人的行

為模式去做的話，我們的生活及工作一定有著明顯的變化，而運氣也跟著會好起來；這正是本書出版的目的。

除了以上所說之外，人生觀也是對幸運很重要的；沒有正確的人生觀，任你做甚麼事情也不會成功。大部份人都認為自己的人生觀是正確的，但據我觀察，沒有多少人有著正確的人生觀，有的，是自以為活在正確的人生觀而已。人永不會覺得自己做錯，即使壞人打劫也會說是為勢所迫。所以，我希望能夠透過本書的第二部份，和大家探討人類在決定事情時的心理機制，好等你能夠在另一個角度去看這件事情而令你有所得著。

除了思想及行為之外，把握機遇也是一個令你成功的重要方法，有很多人都覺得機遇是「可遇不可求」的，很多人生活都只是抱著「守株待兔」的方法，被 地去等待機遇的來臨。但機遇並沒有看中這樣的人，機遇只會照顧那些有備而戰，看準時機出擊的人。雖然我們不能百分百確切肯定機遇在哪裡，不過我們可以有一些特定的方法去令機遇肯定來臨自己身上，而本書的第三部份，就是教你怎樣準確捕捉機遇而成功。

龍震天

網址：www.sunchiu.com
網誌：www.lungchuntin.com/blog
電郵：info@masters.com.hk

目錄

THEORY **02** 人類抉擇的機制

THEORY **03** 掌握機遇的規律

THEORY 01
抉擇改變命運

在英國，專家曾做了一個很著名的實驗。
實驗的方式是透過一個自認為好運及一個
自認為不好運的人，去一間他們都不曾到
過的咖啡店，這個研究的目的，就是要看
兩位受試者在等候研究員的時間當中會作
出甚麼樣的行為。

同樣的情景，同樣的人物，兩個心態完全
不同的人可以命運迴異。

01 建構人脈網絡原則

你的人脈網絡如何？以下有一些問題，請你一一作答。

1.　平均每月參加社交活動的次數：

a.　5次以上

b.　2次至4次

c.　0次至1次

2.　上一次以電話、電郵或短訊聯絡半年以上沒有見過的朋友是何時：

a.　3個月之內

b.　3個月至半年前

c.　半年前以上

3. **上一次報讀興趣班或夜間校外課程是何時：**

a. 3個月之內

b. 3個月至半年前

c. 半年至一年前

d. 1年前以上

4. **假設你參加一個酒會，去到一個陌生的環境，你會：**

a. 找一些自己不認識的朋友介紹自己，然後打開話題

b. 找一些自己熟悉的朋友打招呼，詢問近況

c. 找一個無人的角落坐下來

請在以上問題之中圈選你的答案，讓我們來研究一下。

群體社會必備親和力

我們身處的社會，是一個群體社會。在群體社會之中，一個人的親和力就顯得非常重要；沒有親和力，即使你懂得飛天也好，你的一生一定不會快樂及成功。

在我的研究之中，其中一部份是問及「個人的人脈網絡」，大部份人都以為個人的工作能力至為重要，而人脈網絡，或社交活動都只

是一小撮人感興趣的社交行為而已;如果你有這種想法的話,你就大錯特錯了。我有一位客人莫小姐,她在問卷之中説道:「我常常都會和朋友聯絡,差不多每個星期都會和朋友出外玩樂、吃飯;但我總覺得我的人緣運沒有甚麼特別,和同事之間相處也不見得特別好。為甚麼呢?最重要的,是我到現在還未找到感情的另一半,我已經35歲了,我有點著急,但卻不知道如何是好。」你能想得到問題所在嗎?

擴闊社交圈子

有很多人都和這位客人一樣,以為常常和朋友出外就是社交活動。不過,一個人的人脈網絡是否健全,除了看這個人是否定時出外和朋友吃飯、逛街之外,也要看這個人是否在不同的時間和不同的朋友會面。在上述的例子之中,雖然莫小姐差不多每個星期也會出外和朋友見面,但在我細心追問之下,原來她來來去去也只是和同一班朋友見面而已,這種社交模式,並未為她帶來任何好處。

在感情方面,她沒有遇到合意的對象是可以預期的。感情的機遇,就像漁翁撒網的原理一樣,漁夫並不能確保每次都有魚獲,但他仍可以把網張到最大,得到的魚獲機會自然高一點。

而這位莫小姐的情況正是這樣,她每個星期都只是見到一樣的朋友。要發生感情的早已發生了。不發生的,在後來發生的機會也是極微。而她沒有再結交新的朋友,也沒有新的社交圈子,所以一直以來

結交不到新的男朋友是可以預期的。

如果莫小姐能夠像漁夫一樣，把網張大，就有機會為她帶來新的感情。

運氣常在不知不覺間發生

而另一位客人張小姐的經歷及想法就截然不同了。她在問卷之中這樣回答：「我對每樣社交活動都感到莫大的興趣，只要有朋友邀請，如果有時間的話我是會儘量參與的；我很喜歡聽別人說話，而每一個新朋友都會告訴我一些我可以在之前從未聽過的事情。」

在感情方面，張小姐所說的話令人有所啟發。她道：「我一直以來都覺得我是一個幸運的人，在感情方面也是如此。我現在的丈夫，就是在一個朋友的生日派對之中所認識的。那位朋友我並不是太熟，不過她開聲邀請我，我也願意去參加，我抱著一去無妨的心態，就去了那個生日派對。」

她繼續道：「由於我和那位主人家並不是太過熟絡的關係，那天的派對出席的人大部份我也沒有見過。不過，抱著『既來之，則安之』的心態，於是主動向身邊的朋友介紹自己，也開始和他們傾談起來。沒想到的是，我在那次生日派對之中認識了我現在的丈夫，現在結婚已經有六年了，大家的感情都很好。」

最後，她以下面這段説話來作終結，她道：「我真不敢想像如果那次我沒有去這個朋友的生日派對的話，我將來的感情生活會怎樣。我可以肯定，這個生日派對改變了我一生。」

朋友要在沒有需要時聯絡

無數的巧合，造就了我們的一生。每個人的經歷都會不同，為甚麼有些人一生都平平無奇，甚麼機遇都沒有，而有些人一生都多姿多采、奇遇不斷呢？關鍵就只在於你有沒有建立一個健全的人脈網絡而已。

好的人脈網絡，並不是你有三數個固定的朋友，而是你有大量不同行業、不同性格的朋友。建立人脈網絡的目的，就是發揮朋友之間互相幫忙的作用，今天你幫我，明天我幫你。而最重要的是，你的朋友也有大量的朋友。當你認識這班朋友的同時，其實你也是和你朋友的朋友建立人脈網絡；當你有事情要找朋友幫忙的時候，他未必可以幫得到你，但對方可能想到他的朋友之中可能會幫助到你的人。所以，如果有系統去建立人脈網絡的話，其威力可以是很強大的。

成功的人脈網絡代表——區議員

我在一次公開的社交的場合之中，認識了一位區議員，那次是大家去酒吧觀看一場球賽，我覺得他為人很有趣，於是和他攀談起來。沒想到他健談異常，和他一起，像是有説不完的話題，和他談了一個

晚上，令我體會良多。

　　他從小就很喜歡和陌生人談話，無論是多沒有關係都好，只要有機會，他就會想辦法認識人。例如在街上排隊等的士，他也可以和前面輪候的人不停製造話題，到最後有些還會交換電話。你可能覺得很不可思議，覺得這些事情在日常生活當中不太可能發生；但正正是因為他擁有著這樣的性格，為他一生造就了很多奇遇及機會，而這些東西都是他在開始的時候完全沒有想過的。

　　令我印象深刻的是，和他短短的數個小時談話之中，每當我說及一些事情需要找人幫手時，例如銷售、網站、出版等，他總會想起一兩個朋友可以介紹給我的，說我可以找他們。而他整體給我的印象就是很幫手，樂觀積極，廣結人緣。我當時就在想，如果將來我有需要的話，也一定會第一個想起他。在他而言，介紹有用的朋友給我認識只是「舉手之勞」，但在我而言就幫助很大了。而他也會記住我，以後當他的朋友找他詢問有關玄學、記憶術等事情的時候，他也自然會想起我，彼此之間都會有存在的價值。

人脈網絡問卷報告

　　說回之前的問題。我在前文有問過大家關於每月參與社交活動的次數，對上一次聯絡半年沒有見過的朋友是何時，以及對上一次報讀興趣班或晚間校外課程是何時，以及公開社交場合的行為模式等等。

如果你三個答案都是C的話，你就有必要想一想你的人脈網絡如何了。

在我的研究報告當中，其中有一項就是詢問對方關於「人脈網絡」這部份。而在「人脈網絡」這部份當中，我就以上三個問題問過他們，並了解他們的情況。我發覺在自認好運的人當中，大部份都會選擇A；而相信大家也會預料得到，自認不好運的人，大部份都會選擇C。所以我可以肯定，好運和一個人的人脈網絡有著直接的關係。

以下為研究報告當中得出來的結果：

問題一：平均每月參加社交活動的次數？

	A：5次以上	B：2次至4次	C：0次至1次
自認好運的人	57%	28%	15%
自認不好運的人	26%	49%	25%

在參加社交活動的頻密度而言，自認好運的人有85%的人會每月參加社交活動兩次或以上，他們的社交活動比較多元化，例如吃飯、行山、唱Karaoke、遊船河、旅行、跳舞、到酒吧、參加聚會（例如生日Party）等等。

有趣的是，自認不好運的人，有75%的人會每月參加社交活動兩次或以上，比自認好運的人略低，但每月參加5次社交活動以上的人，則比自認好運的人大幅減少了差不多30%，這點和自認好運的人有一段

明顯的距離；而且，他們參與的社交活動種類比較少，大多都只是吃飯及到酒吧。其他類型的社交場合他們都幾乎興趣不大。

問題二：上一次以電話、電郵或短訊聯絡半年以上沒有見過的朋友是何時？

	A：3個月或以下	B：3個月至半年	C：半年以上
自認好運的人	72%	23%	5%
自認不好運的人	52%	15%	33%

在這條題目之中，我們可以很清楚看到自認好運的人和自認不好運的人的分野。自認好運的人，大部份人在對上一次聯絡半年沒有見過的朋友是在3個月之內，而自認不好運的人，有33%，即差不多三分一的人在半年以上沒有聯絡過久久沒有見面的朋友。

請記住，聯絡半年以上沒有見面的朋友，方法當然不只是見面，我們還可以通過電郵、短訊、心意咭或電話去聯絡對方。

問題三：上一次報讀興趣班或夜間校外課程是何時？

	A：3個月之內	B：3個月至半年	C：半年以上
自認好運的人	31%	56%	13%
自認不好運的人	21%	47%	32%

在這條問題當中，自認好運的人和自認不好運的人沒有一面倒的優勢，但我們還是可以看出，自認好運的人會比較多報讀興趣班或校外課程，而自認不好運的人則有約三成在過去半年沒有報讀任何課程。

問題四：假設你參加一個酒會，去到一個陌生的環境的反應

	自認好運的人	自認不好運的人
A：主動和陌生人介紹自己	73%	31%
B：找自己的熟朋友打招呼	23%	58%
C：找一個無人的角落坐下來	4%	11%

整體報告指出，自認好運的人很多都會主動和陌生人打招呼，然後介紹自己，比例差不多是自認不好運的人的兩倍。而自認為不好運的人，則大多都會找相熟的朋友打招呼，然後詢問近況。

綜觀以上的各項問題，我們已經知道，好運的人是有其固定的模式去建構一個強大的人脈網絡，從而達致成功。

建構人脈網絡原則一：盡可能多參加任何形式的社交活動

不同形式的社交活動，會為你帶來不同的新朋友。我們不單只要參加社交活動，更要參加由不同的朋友所舉辦或籌備的社交活動，因為只有這樣，你才有可能認識到不同的新朋友，從而擴闊你的生活

圈子。那些頻繁但只是同一班朋友的社交活動，不能算是有效率的活動，例如你每兩個星期都會和固定的好朋友出來飲茶，這些活動都不能為你帶來任何效益。因為他們都不會給你另類的生活或看法，極其量也只是維繫感情而已。所以，最好就是在別人的聚會上多認識新朋友，然後再參加由新朋友所舉辦的社交活動。

此外，參加不同類型的社交活動也是很重要的。因為不同的場合，你會見到不同類型的人。例如研討會，你會認識到一些比較嚴肅認真的人；在戶外活動當中，你會認識到比較好動的人。

建構人脈網絡原則二：主動定期和朋友聯繫

朋友即使不見面也好，我們也有很多方法可以取得聯絡及維繫感情。現代科技發達，聯絡朋友也再不需要和數十年前那樣，一定要出來見面；我們可以透過電郵、短訊或電話去關心一下對方的近況。

有很多人都會說，沒有事找朋友來作甚麼？其實這是一個錯誤得很的想法。朋友就是沒有事情就去聯絡，讓對方感到你的熱誠及關心，到有事情需要幫忙的時候，你的朋友就會施以援手。你易地而處的想一下：如果你有一個朋友，平日完全沒有聯絡，他總是有事情需要找你幫手才聯絡你，你還會幫他嗎？我就一定不會。這樣的人，一生都一定沒有朋友，而且可以肯定他的人緣運一定差得可以。

建構人脈網絡原則三：多參加興趣班和晚間進修課程

如果你朋友不多，你可以考慮多參加興趣班，或晚間進修課程。而這些課程也是最有效率認識到大量不同類型的人的方法。我在自己舉辦的講座之中，我也鼓勵學員多和其他學員聯繫，因為大家都是來自不同行業、不同背景，正是甚麼人都有。這個是最有效率的增強人脈網絡方法，大家在課後留下電郵或電話，有空時可以搞些活動如燒烤、飯局等等，都會令你有意想不到的收穫。我有一個客人，在參加我的課程時，意外地找到了另一半，現在感情發展得不錯；由此可見，參加這些興趣班及課程也可以有令人出乎意料之外的際遇。

尤其是當你生活圈子狹窄時，你就更加有必要採用這個方法去建構你的人脈網絡。例如醫生，我問他們有甚麼朋友時，他們都說他們的朋友不是醫生就是護士。如果不主動參加完全和自己本身行業無關的興趣班，是很難認識到不同行業的朋友的。

建構人脈網絡原則四：在陌生環境主動介紹自己及打開話題

在我們的生活之中，或多或少都會有機會出席一些場合，而這些場合當中，有很多人你是完全不認識的。例如婚宴，可能你只認識主人家，但主人家以外的人你就全不認識了。古語有云：「既來之，

則安之」,不要只想著這些場會會很沉悶,只想儘快完畢及回家;相反,你可以主動和同桌的人傾談,從而認識更多新的朋友。可能這些新朋友對你將來有著決定性的作用,其實你人已經到了,時間也已經花了,何不利用這些難得的機會去了解身邊的人呢?

　　在我自己的經驗而言,最常見的,就是在這些環境之下介紹自己之後,認識了不同的人,而有些人在過後會來找我算命或買我的書或上我的課程等等,這些都是我主動和陌生人傾談的成果。好好思想一下你自己的「人脈網絡」。將以上四個要點持之以恆,你的運氣馬上就會得到改變!

好運的人是有其固定的模式去建構強大的人脈網絡

02 為未來設錨

你有沒有想過，你的下半生將會怎麼渡過呢？是繼續你現在的工作，還是做一些對自己人生有意義的事情？你的人生目標是甚麼？

請將你的想法寫下來：

_____

_____

_____

_____

_____

運氣就是為你的目標設錨點

蘋果公司的領導人 Steve Jobs 在一次演說會中說過這樣的一句話:「現在是時候好好想一想,你的下半生是繼續賣檸檬水,還是想著做一些事情改變世界。」

你有想過這樣的問題嗎?每天工作為了甚麼?是為了收入,還是為了肯定自己?

改進「模糊的計劃」

相信大部份人工作都是為了錢。不是嗎?我從未聽過一個打工仔工作是不為金錢的。但大部份人一生在工作之中都找不到真正的意義,因為他們都是為金錢而工作,而真正成功的人,他們都不是為金錢工作,而是金錢為他們工作。

有很多人窮了一生,都只是做一些普普通通的工作。他們的想法是:多做多錯,少做少錯,不做不錯。他們的工作都很穩定,但數十年過去了還是一事無成。

為甚麼呢?因為他們將數十年時間都貢獻了給公司,大部份時間都是在公司工作,對家人、自己身邊的人、好朋友所花的時間卻不多。表面上,這班人都好像做了一些很有意義的事情,例如幫公司賺錢,自己加人工、升職等;但到了退休之年,一生的貢獻都會付諸流

水，因為公司不是自己的。

我身邊有很多朋友，在退休之後都不知道做甚麼。其中有一個公務員，為政府工作了40年，退休之後要去看心理醫生，因為他完全不能適應沒有工作的環境；另外，我有一個客人，在工作的數十年間收入穩定，但積蓄不夠，到退休之時感到非常徬徨，不知道可以依賴甚麼來維持生活。

以上的例子，只是冰山一角，相信大部份人對將來都沒有甚麼計劃，又或者是有一些「模糊的計劃」。甚麼是「模糊的計劃」呢？就是那些似是而非，好像說得很對，但又很難去衡量是否能夠完成的計劃。例如「我要賺很多錢」、「我要做好我的工作」、「我要活得有意義」就是一些「模糊的計劃」。

我在日常舉辦課程或從客人的對話中，我也會問他們對將來有著甚麼樣的目標，他們的回答大同小異，都是以上那些說法。這些計劃或願望，聽起來好像很好，但怎樣才算完成計劃呢？就以「我要賺很多錢」為例子吧，怎樣才算「賺很多錢」呢？100萬？1,000萬？還是一億呢？設定了這些計劃的人，最終都會一無所有，因為他們不知道哪裡是終點。大部份的人，都是勞勞碌碌的過了一生，奇蹟或運氣從來沒有在這些人身上出現。

沒有終點，又何來目標實現呢？目標不能實現，就不能稱之為運氣好的人。運氣好的人，就是能夠將自己的理想和目標實現，將自己的價值觀被肯定的人。

人生目標的心理實驗

從前有一班心理學家做了一個實驗，就是找來一群人，問他們將來的目標是甚麼，然後看看30年之後他們的生活質素怎樣。結果顯示，有30%的人對未來沒有任何目標，而30年之後，他們的生活質素極差，是低下層的一群；有60%的人對未來有一個模糊的目標，在30年之後他們的生活水平只是一般；而剩下來的10%，他們對未來有著清晰的目標，而他們不斷地向自己的目標努力，30年之後，他們是社會上最頂尖的那一群，過著豐裕的生活。

看到這裡，我們就可以肯定，要有好的運氣，要生活質素好，我們就有必要訂立清晰的目標，而我們就要向著這個目標進發。

有六成的人對未來只設立了一個模糊的目標。現在看一看你剛才所寫下的目標及想法，你所記下的，是否都是一些模糊的想法呢？如果是的話，請你現在從新再寫過，為你的目標設錨點；然後再想想怎樣達成你的目標。你會發覺，你的人生馬上充滿希望，你再不是返工等放工，月尾等出糧的人，因為你的心中已經有了錨點，你的眼中，就只有這一點，無論怎樣，你都要到達這一個錨點！

不過我也要提醒你一點，就是光想不做是不行的。要成功，就一定要將所想的事情付諸實行。我身邊有些朋友，常常都會有一些想法，他們常常想著要做甚麼，應該做甚麼，可是他們甚麼都不做。隨著時間的過去，他們甚麼成就也沒有。所以，在決定了目標之後，就要切切實實的執行，這樣才可以令你夢想成真！

03 維持現狀抑或嘗試轉變

假設你在一間公司工作了 20 年，生活非常安定。

現在有另外一個機會，給你去開創自己的事業。不過，這份工作毫無保障，但卻是你自己的興趣所在。你不知道前景如何，但如果成功的話，你將有可能在 3 年之內賺到你原有工作至退休的金錢。

你會選擇留在原有公司工作嗎？還是會選擇挑戰自己，去做一份既有可能令你一無所有，但也有可能令你成功的工作呢？

在我的研究之中，其中有一項是問受試者對新事物的開放度；這個結果很有啟發性，結果顯示：自認為好運者對新事物的開放度遠較自認為不好運者對新事物的開放度大幅相差兩倍。

對新事物採取開放的態度

自認為好運者，都不會害怕轉變，認為新事物可以令他們得到新的體驗，滿足他們的好奇心；而自認為不好運者，他們大都害怕轉變，認為現狀就是一切，如非必要，他們都不會主動轉變現有的工作。

在我們的人生當中，或多或少都會接觸到新的事物，而對待這些新事物的態度因人而異。有的會欣然接受，在新的環境當中探求新的東西，又或者學習新的知識；有的會只想儘快離開，並未能在新的環境之中得到任何好處。

英國的心理實驗

在英國，專家曾做了一個很著名的實驗。實驗的方式是透過一個自認為好運及一個自認為不好運的人去一間他們都不曾到過的咖啡店，這間咖啡店是經過精心設計的：在咖啡店門口放了一疊鈔票，店內有四張檯，每張檯都精心安排了一個人坐著，這些人當中，一個是成功的企業家，一個是失業漢，其他二人都是來至不同的行業的專業人士；四個人分別坐在四張不同的檯子，這會令到受試者一定要和其中一個人同檯。而實驗的過程是，教授通知兩位受試者，到他安排的咖啡店找一個特定的研究員做一份問卷。

　　此研究的目的，是看受試者在等候研究員的時間當中會作出甚麼樣的行為。

　　這個研究的精華所在，並不是那位研究員的問卷內容，而是兩位受試者到咖啡店的過程及行為。因為根本不會有研究員，受試者到那裡只會乾等，而教授設計這個研究的目的，就是要看兩位受試者在等候研究員的時間當中會作出甚麼樣的行為。

　　先說自認為不好運的受試者，他在踏進咖啡店的時候，他沒有發覺門口有一疊鈔票（或許你認為不太可能，但事實確是如此）而逕自

走進了咖啡店，買了咖啡，然後選擇坐在企業家的檯子，找了一本雜誌，專注翻閱，待了若干時間之後，他發覺研究人員還沒有來到，於是就打電話給教授，然後繼續翻閱雜誌；他就是這樣等了兩個小時，直至研究員來到。

另一位自認為好運的人，他一進門馬上就發覺地下有一疊鈔票，他拾起後才進咖啡店；然後，他亦選擇坐在企業家的旁邊，不消數分鐘，他開始介紹自己，然後愉快地攀談起來，直至研究員來到，他們還交換了電話。

教授在過後分別詢問這兩位受試者，他們有怎麼樣的經歷。自認為好運的人，他開心地說出他意外地拾到鈔票，然後也認識了一位很有名的企業家，彼此談得很愉快，後來還交換了電話；而令一位自認為不好運的受試者，他則說甚麼事也沒有發生過，還埋怨研究員來遲了兩個小時。

同樣的情景，同樣的人物，兩個心態完全不同的人可以命運迴異。

留意身邊事物

我們對新事物的開放度、接受度及主動，其實就是運氣的反映；在現有的生活之中，有很多東西都是既定的，很難會有任何石破天

驚，改變你一生的事情；唯有在新的事物或體驗當中，你才有機會找到一些可能改變你一生的想法的東西。

說回前面的問題。大部份自認為不好運的人，他們都會對一些未知的事物作出本能的抗拒，覺得轉變就是不好，因為要面對一個不可知的未來；但事實是，大部份人都會對現時的狀況不滿，例如人工不夠好，工作太忙等等，這些都是很矛盾的事情，既對現實不滿，但又不願意作出轉變，為甚麼呢？就是怕在轉變之後比現在更差。

而自認為好運的人，他們都會有冒險的心，對新事物採取開放的態度，好奇心極重。他們不介意接受新的事情，反而會覺得新事物可以為他們帶來新的轉變；新的好處。唯有抱有這種想法的人，一生的運氣才會不斷提升！

04 「直覺」的心理機制

假設你手頭上持有一批股票，而現時的股市則連續升了 3 個星期。

你身邊的朋友都叫你不要放出手頭上的股票，因為他們覺得還有上升的空間；而你則覺得現時股市已到盡頭，你的直覺強烈告訴你現時應該是放出股票的好時機。

你會聽從你的直覺放出股票，還是聽從你的朋友所說，再待多一會才再作打算呢？

　　我們每個人都會有直覺。當直覺來臨時，有些人會順從直覺，而有些人則相信朋友的建議。直覺，可信嗎？

　　有些人說，直覺其實就是第六感，是幫助你預測一些將會發生的事情。直覺未必是準確的建議，所以很多時候我們都會在直覺及客觀

事實當中作出掙扎。

相信你的直覺

　　在研究當中，好運的人幾乎全部人都相信自己的直覺。對於這個結果我一點也不感意外。因為在我見過的客人當中，好運的人全部都有自己的理念，而且他們大部份都相信自己的直覺。

　　例如我的一位客人黃先生道：「我現時管理一個超過100人的團隊，我在事業上也算是非常成功。我從不在工作上浪費時間，與其花間去分析，聽一些模稜兩可的結果，我寧願馬上就自己作出決定；儘管有時候這些直覺是錯，但分析得出來的結果也未必完全是對。」此話甚確。

　　他繼續道：「在用人方面，我也有自己的一套。通常我是否會信任那位下屬，我也是在一開始的時候就決定了。如果我的直覺告訴我這個人是好的話，我會在以後的日子裡對他完全信任；相反，如果第一次見面時我的直覺告訴我那個人是不能信任的話，除非以後有很強的理由，否則我會永遠不信任那個人。」

「直覺」背後的理念

我在這裡要告訴你的是，直覺不是憑空想像或一時掠過腦中的一些概念，當你的腦海之中出現「直覺」這事時，其實是有原因的。

在美國，有一個很經典的心理測驗，就是給受試者一批圖案，甚麼種類的圖案都有，然後叫他們認記下來。接著，將另外一批圖案給他們看，然後叫他們圈出他們認為看過的圖案。

研究直覺的心理測驗

這個實驗的核心目的並不在此。重點是在接下來的第三步：在他們圈出他們認為自己看過的圖案之後，再給他們看第三批圖案。這次，研究員要他們圈出自己喜歡的圖案，然後解釋他們為甚麼喜歡他們圈出的圖案。

他們在按指示圈出他們喜歡的圖案之後，就馬上解釋他們選擇這些圖案的原因。有些圖案被形容為「線條優美」，有些則被形容為「結構完整」。本來人各有喜好，那些人喜歡那些圖案並不是重點，重點是他們在第三步之中選擇的那些圖案，竟然和第一批他們需要認記的圖案大部份相同；出了這樣的結果，就很值得我們去思考了。

人對看過的事物產生偏愛

研究發現，他們喜歡的圖案，就是他們第一批選擇的圖案。這個結果清楚說明，人的選擇是會受到過去的東西所影響的。例如我問你喜歡甚麼顏色的衣服，你可能會選擇白色，但當我問你為甚麼會選擇白色的時候，你一時間可能會說不上來。事實是，你可能在過去有一些事情發生了，又或者你經歷過某一些事情，而令你作了「喜歡白色」的選擇。這個現象，我們稱之為潛意識（Conscious Mind）。潛意識是不知不覺間在腦裡面發生的，意思即是你沒有刻意去營做這段記憶，但可能發生了一些事情，或看到一些東西，而令你在無意之間將一些觀點印入腦海之中。

在我為客人批算紫微斗數時，我也會根據該客人的出生年月日時給點「顏色改運」、「數字改運」或「方位改運」的建議，例如某些客人特別適合穿著紅、紫、橙色的衣服，因為他五行欠火，又或者3、8這兩個數字特別旺某些客人，因為他五行欠木。我有一次為客人作出批算，照例我會將這些改運建議告訴他。當時我對他說：「你特別適合穿著紅色、紫色或橙色的衣服，因為你五行嚴重缺火。」他當時聽後很不是味兒，因為他特別不喜歡大紅大紫的顏色，這點和他是男性有著直接的關係，而且他覺得穿得太過鮮艷會太突出自己，他不想成為人群中突出的人，只要平淡，不被人注意就可以了。我於是對他說：「如果你真的很不喜歡這組顏色的話，你也可以考慮只戴這些顏色的領帶，因為功效也是一樣的。」他雖然老大不願意，但還是聽從了我的建議，從那天起，只買紅色、紫色或橙的領帶。

過了一年之後，他來找我看流年。他對我說：「不知道是否心理作用，還是真的有效，在那次找你批命之後，我天天都戴著紅色、紫色及橙色的領帶。有很多同事都說我的領帶令我精神多了，和上司的關係也由不和轉趨緩和，後來更發展至關係良好；在半年之後，我還意外的升了職，還想真的當面多謝你呢。」（請留意，他用了「意外」這個字眼，背後所隱藏的意思就是他覺得他不應該升職的。）

在這次之後，他每年都有來找我看流年。數年之後，有一次我

見到他時，看見他一身鮮紅色打扮，我就問他為何穿得那麼搶眼。他道：「紅色本來就是我喜歡的顏色呀！」他完全不記得在數年前他本來是很討厭紅色的。直至我稍作提點之後，他才記起來。「呀！對呀，你這樣說起來我就記得了。真不明白為何那時候為甚麼討厭紅色；真奇怪，我現在最喜歡的，就是紅色！」

以上的例子清楚說明，潛意識怎樣令到一個人改變了他的想法，他因為穿了紅色領帶而帶來運氣，從而令他喜歡紅色。我深信他在選擇衣服或領帶時，他會不自覺地選擇紅色、紫色及橙色，而對其它顏色的領帶視而不見。

直覺並不是空穴來風

潛意識就是直覺。當你在腦海產生直覺時，其實就是潛意識告訴你應該怎樣做，而潛意識並不是無中生有的，它包含了你過去的經驗，看過的東西，是無數組件結合而成的一個建議。

很多時候，潛意識會為你作出一個你認為對的決定，即使你再額外花時間考慮，你到最終也有很大機會聽從你潛意識的決定，因為它一早就擺在那裡。更糟糕的是，如果你違背你的潛意識的話，你在過後很有可能會後悔，因為這不是你原本想預料看到的。所以，要增強運氣，就要相信你的直覺！

05 成年人 抗拒改變的心理

你現在自己想一想，你的想法是否很容易改變？

為甚麼患了抑鬱症的人，有些可以痊癒，有些卻看了很多心理醫生還是要去跳樓呢？

　　有很多客人都會這樣問我，他們覺得改變自己的想法真的不容易。問他們原因，他們會說：「有很多問題我從小到大都覺得這樣子的，叫我一下子改變，還真的不是一件容易的事情。」此話甚確。

　　有些事情我們可能覺得改變了對我們有好處，可是到身體力行的時候又覺得是另一回事了。因為我們每一個人都會被童年時期所接收的東西影響，在成長之後，除非有很深刻的經歷又或者下了很大的決心，否則都不容易改變。

童年時比較容易改變想法

根據瑞士著名的學者皮亞傑（Jean Piaget）的論説，15歲以下的小孩子是很容易作出轉變的。不過一旦過了15歲之後，要再作出轉變就很困難了。這些當然不是説人生經驗的改變，又或者求生技巧、工作經驗等等，而是説一個人的想法，即對與錯的辨別，人生觀的改變。

瑞士著名的學者皮亞傑指出，15歲以下的小孩子是很容易作出轉變的。

他做了三個實驗去證明這個理念。

第一個實驗就是將某些玩具，例如橡皮鴨子，放在一個八個月大的嬰兒面前，然後在他面前由A位置拿去B位置。有趣的是，嬰兒在這個階段還沒有「物體移動」的觀念，所以他會仍然在A位置找玩具，結果當然是找不到。不過，在幾個月之後，嬰兒在不需要任何成人的教導之下，就會懂得在B地點找鴨子了。

第二個實驗的對象是五歲的小孩子。他看到兩個一模一樣大的水杯，裡面有一模一樣的水量時，他就會認為兩個杯子之中杯的水量是

相同的。緊接著，他看到學者將其中一個杯的水倒入另一個杯身比較高的杯時，由於水位較高，他會認為水量增多了，儘管水量從來沒有增加過。

學者於是詢問原因。小孩子說：「因為水位高了，所以水會比較多。」但再過一兩年之後，學者詢問同樣問題，小孩子就懂了。他會說：「因為都是同一杯水，所以無論你放在哪個杯子之中，水量都是一樣的。」

第三個實驗就是天秤的實驗，對象是十歲的小孩子。方法是利用不同的砝碼及和中心點的位置去測試小孩子對物理的概念。如果一邊砝碼多，一邊砝碼低，小孩子一定會答得出砝碼多的一邊托盤一定會較低，而砝碼少的一邊托盤一定會較高。

另一方面，如果兩邊的砝碼一樣，而其中一邊的砝碼放置離中心支點較遠的話，他也會說得出這一邊的托盤一定會較低；不過，如果兩邊砝碼不同，而兩邊的托盤距離中心支點也是不同的話，他們就不知道該怎麼回答了。因為他們還不懂得物理現象，又或者計算重量乘以支點距離的公式去找答案。但當他長大時，即使他沒有學過物理公式，他也會懂得回答「一邊砝碼較多，另一邊距離中心支點較遠，所以兩邊可能會平衡」這種比較準確及理 的答案。

以上三個實驗，為我們說了兩件事是非常重要的。

1.小孩的想法和成年人完全不同。

　　小孩想法不同成年人，因為他們會將自己所認知的，百分之一百照單全收。他們不會懷疑，不會考慮，因為在他們腦海之中的知識實在非常有限，所以他們根本不會有太多的資料可供分析，所以他們會很快找出答案，儘管這個答案未必是對。至於成年人，因為變數太多，他們要顧及的東西太多，他們的思維是立體的，每當看到一件事情發生的時候，他們除了看事情本身，還會想及自己過去的經驗，所發生過的事情，然後總結所得而找出答案。

2.小孩子可以在若干時日之後完全作出改變，即使身邊沒有人教導。

　　在以上三個實驗之中，我們可以看到，每一個小孩，即使身邊沒有人教導他們也好，在若干時日之後，他們也會知道正確的答案。這是一個很複雜的認知過程，也可以被理解為「從錯誤之中學習」。像第一個例子的五個月大的嬰兒，即使沒有人教他，他也會在經歷過多次錯誤而學懂「物件是可以由A點走去B點」的概念。

　　至於成年人，無論有沒有人教導也好，他們也傾向於抗拒轉變。他們的潛意識認為，穩定就是最好，改變需要很大的勇氣。儘管他們可能認為改變會為他們帶來運氣，但他們就是不想轉變。

一成不變只有等死

人總要變，一成不變就只有等死，生活總是沒有驚喜。熟悉我的讀者都知道，我對「思想改變運氣」的理念很強，我深信「思想決定行為，行為決定運氣；所以，要改變運氣，就要改變思想」，也因為這個原動力，令我充滿幹勁去寫了很多和改變思想有關的書籍。

有很多人都會很贊同我的理念，看完我的書之後特意來多謝我，多謝我改變了他們對生命的看法。不過，也有些人對我的説法很不以為然。我記得有一次，在一個飯局之中，我對其中一個朋友説明我這個看法。説完之後，她完全不明白，只想著有一份穩定的工作（儘管那份工作令她每天晚上九時收工），上司説要做甚麼，她做甚麼就好了；她覺得完全不需要改變現在的思想而令她再進一步。我堅信她的運程是可以預料得到的。於是我問她：

「你是否在現時的公司工作超過10年？」

她答：「對，17年了。」

我再問她：「你是否在過去5年從來沒有升過職？」

她連連點頭：「對！我在過去10年也沒有升過職了。你還看得出甚麼嗎？」她以為我是用相學的角度和她斷事。

其實以她這種想法，我不用看相也知道她將會發生甚麼事。

改變運氣要身體力行

有很多人，看了很多書，都是和「心靈勵志」有關的書籍。但書看完了，生活還是那樣，想法也沒有改變；這點和佛洛依德的説法不謀而合，就是「人很難作出轉變，儘管人想作出轉變。」這句説話很值得我們細味一下。

佛洛伊德：人很難作出轉變，儘管人想作出轉變。

根據佛洛伊德的説法，人的思想或行為是很難作出轉變的。儘管我們認為轉變對我們有利，甚至我們寧可花費大筆金錢去光顧心理治療師，或一些人生勵志的課程，例如NLP（身心語言程式學），又或者看很多心靈勵志的書籍，但結果卻是一無所得；這點和在15歲之後性格定型，很難再有改變不無關係。

人的一生受童年的環境影響最深。人一出生就是一張白紙，父母或身邊的人説甚麼，他們就會認為甚麼；初生的嬰兒，不會有錯與對的觀念，想睡就睡，想吃就吃，想排泄就排泄，他不會在做這些東西之前有甚麼考慮。童年的家庭，就是社會的縮影，雖然有點以偏概

全，但這正是小孩子的感受。如果他生活在一個良好的家庭底下，他將來就一定是一個成功或富有的人。他可能甚麼也沒有做，但他的潛意識已經驅使他走向成功的道路；不過，一般人將良好家庭的理解為「父母管教嚴」、「自小灌輸很多知識」等等這些傳統的想法，其實最重要的，是從小要訓練他們獨立思考的能力，以及不限制他們的想法。

研究已經顯示，即使小孩子沒有被教導也好，他們到最後也會有正確的想法，只要他們試過失敗，他們就會知道什麼是最好的方法。

這就如做化學實驗一樣，我在就讀中學的時候，學校由於經費問題，並不能提供一間完善的實驗室給就讀的學生。所以，老師只能空講，例如A液體是紅色的，B液體是綠色的，而兩樣液體混合起來是橙色的，我當時聽了之後一頭霧水。

後來我轉了就讀別的學校，那所學校由於經費足夠，所以能夠提供一間很完善的實驗室給學生。就這樣，我可以在一年之內了解了過去五年我怎麼學也學不會的東西。因為我自己有見過那些液體，所以印象特別深刻。

怎樣給他們自己嘗試？以下這一個故事可能對你有所啟發。

美國夫婦教導兒子的方法

我在美國的一個朋友,他有一次往海灘游泳,他看到有一對美國夫婦帶著兒子在海灘玩耍。兒子看到地上有沙,毫不考慮就想拿了一把往咀裡送。換轉是別的父母,早已馬上阻止;但這對夫婦非但沒有阻止,還倒轉頭來鼓勵他:「Try it!」他鼓勵孩子道。這個小孩子見父母沒有阻止,當然將那一堆泥沙放進口中。

結果會怎樣?小孩子嘗到苦味,當然馬上吐出來。這時父親才對他解釋,泥沙是不可以拿來吃的。你想這小孩子下次會不會將泥沙放進口中呢?當然不會!這就是鼓勵小朋友多嘗試的手法,但這種教育方式在香港似乎絕少見到。

從小就受到鼓勵的小孩子,在成長之後轉變思想或改變會做得更好,他們會更加容易接受。但沒有被鼓勵的一群,在長大之後是不會輕易作出改變的。因為他們已經根深蒂固,要作出改變對他們而言是一件很困難的事情。如果你也有這個想法的話,你就有必要抽離自己,客觀地看一看轉變之後對你的好處,而且不要只是空想,要實質的作出改變。

「不要怕，只要信！」

　　「不要怕，只要信」是聖經裡的一句說話。我不是教徒，但我覺得這句話很有道理。人有時候會被框框限制著，不容易作出轉變，但如果立定決心轉變的話，其實也不是這麼困難；這就正如高空跳傘一樣，大部份人都會覺得害怕而不敢嘗試，是因為從未試過而已。根據統計所得，有70%的人會在第一次跳傘之後不再害怕，是因為自己已經嘗試了，也知道其實並不如想像的那樣害怕。

06 將靈感轉化行動

1928 年倫敦的氣溫非常寒冷，科學家佛萊明（Sir Alexander
Fleming，1881-1955）正醉心於研究梅毒傳染病的治療方法。
有一次，他接種了葡萄鏈球菌（Staphlyococcus）後，沒有把
培養皿放入暖恆溫箱中儲存。

之後氣溫回升，葡萄鏈球菌就迅速生長，長滿了培養皿，真
菌菌絲的外圍區域有一圈清澈的無菌帶。憑著過人的洞悉力
和推理能力，佛萊明發現了青黴菌菌絲能釋放出某些物質抵
抗細菌的生長，並把這種物質命名為「盤尼西林」。

盤尼西林的出現，改變了整個世界。當時無法治癒的疾病，都因
為此抗生素的出現而治癒；也因此，在第二次世界大戰期間挽救了數
百萬人的性命。

你有沒留意過，自己身邊曾經出現過這些改變世界的東西？

留意身邊的事物

我們每個人每天接觸的事情或事物都很多，除非和自己有著密切的關係，又或者經別人提醒，否則我們都會對很多事情採取一副「想當然」的態度。就這樣，大部份人都是庸庸碌碌過了一生。

1853年，李維•史特勞斯（ Levi Strauss ）離開他的出生地紐約，前往舊金山打算經營乾貨的生意。當時加州的淘金熱吸引無數的探礦者前來實現他們的尋金之夢，李維在那時從紐約帶來了一批帆布，準備賣給淘金者用來作帳蓬的材料。可是，他在和其中一位淘金者聊天時，對方卻對他說：「我們現在最需要的，並不是做帳蓬的材料，而是耐穿的褲子，因為我們每天下礦坑淘金，褲子都很容易就破爛了。」

Levis 牛仔褲的啟示

就這樣，李維得到了啟發，他請人將帶來的帆布製成長褲，然後賣給那些淘金者。他們買回來試穿之後，發覺非常耐用，也不容易破爛。在消息傳開去之後，全部淘金者都要找李維買他所製造的牛仔褲。

沒多久,李維的布料用完了。他反覆思量,決定採用法國出品的一種布料,而且將顏色轉成深藍色;同一時間,他也想到在褲袋位置釘上包頭釘,確保袋子可以承受得到金塊的重量而不易破爛。

從此以後,李維的牛仔褲改變了整個世界。時至今日,我們每個人家裡都最少有一條牛仔褲;而李維的牛仔褲也成為美國文化傳統的一部份。

如果換了別人,在聽到淘金者的一番話之後,可能會不以為然,繼續賣用來做帳蓬的帆布,而一生都不會有甚麼改變。但李維卻從淘金者的說話之中得到靈感,將帆布造成牛仔褲而改變世界,也改變了他往後的運程。

他在去舊金山之前會想過有這樣的機會嗎?絕對不會。未發生的事情我們誰也不能預料,即使利用紫微斗數、風水去推斷事情,也只能知道大概會發生何事而已,絕不會說出你會發明甚麼而改變你自己;機會是靠自己去捕捉的,如果將無意間發現的事情去轉化為改變整個世界就是致勝的關鍵。即使你沒有那麼偉大,不去改變世界也好,最少也能改變你自己的一生,這樣已經很足夠了。

一個想法,改變世界

那麼,李維是一個幸運的人嗎?你可以說是,但如果他不能夠適

時的將靈感轉化為行動，他也不會成功；我們每個人都有機會遇到改變世界的事情，因此，我們每個人都可以是幸運的人。

我在不同的人生階段之中都會有不同的想法，而這些想法都有可能改變世界。但有些事情可能還未到適當時候，我會將意念記下來，並不時重頭再看這些意念，看看它們有沒有實行的可能。機會或腦海裡的念頭一閃即逝，我建議你用記事薄記下來，並不時拿出來翻看。

只要有一件事可以改變世界的話，你就有機會改變你的一生，馬上走上自由財務之路；請記著，只需要有一件事就足夠了。

有時候，有些想法並不可行，可是將它們略為修改的話就有可能成功。所以，我們也要不時將想法具體思考一下，看看是否能將它們修改而令自己成功。

我深信我們每個人都有機會在日常生活之中遇到改變世界的事情，分別只是你有沒有具體及積極去將事情付諸實行而已！

從今天起，好好培養你的觀察力，將看到的、感覺到的，腦中一閃即逝的想法記下來，我希望你早日能夠想出改變世界，也改變你自己一生的事情！

①⑦ 面對難題的 處理藝術

假設你現在面對一個很難解決的問題，你苦苦思索也還找不出解決方法。你會怎樣做？

a.繼續思索，直至找出答案為止

b.打電話找朋友幫忙

c.去找另一個環境，例如回家，又或者去咖啡店、餐廳等再思索

d.先把問題放置一旁

在我們的人生當中，我們都會有機會面對各種的難題，而且有些難題一時三刻是無法獲得解決的。對於處理難題的態度，每個人都會不同；有的會想至廢寢忘餐；有的會盡量冷靜自己，再去想解決問題的方法；有的索性不去想它，留待明天再算。設立這條問題的目的，是想去看看你怎樣處理一些你無法解決問題時的態度。原來，自認為好運的人和自認為不好運的人，對於處理難題的方法大不相同。

解決難題的態度

我有一個朋友，他在一次飯局之中神不守舍，沉默不發一言。大家都覺得他有點不對勁，一問之下原來他為了一些家事而煩惱，原來他剛在下午和妻子吵了架，所以他心情不太好，有點心緒不寧。於是大家在飯局餘下的時間中，不停的安慰他，令到氣氛有點負面。

和妻子吵架，這些是不大不小的煩惱。你可能無法即日解決，但總不可能一個月都還是吵架的。如果只是為了這些小事情而不開心，弄致出來見朋友也被覺察得到的話，當面對更嚴重的事情那還得了？

你可能會説，這些都是正常不過的事情，面對不開心或難以解決的事，正常人都會不開心，情緒也會自然受到影響。或許你看過以下的故事之後，會有所改變。

不能解決，不妨擱置

我有一次約了一班朋友行山。在這班朋友之中，其中有一個是特別健談的，他在那天不停説笑，把氣氛搞得非常之好。在當天晚上，他發了電郵給我們，通知我們他的母親死了，希望我們來參加他母親的喪禮。

收到電郵之後，馬上就有朋友致電給我，因為她對於那位朋友今天行山的態度不甚理解。她道：「明明自己的母親過了身，他今天還

有興致和我們行山，如果他不説的話，我們一點也看不出他受到這麼重大的打擊呢！」

沒多久，我就決定致電這位朋友，在慰問他之餘，也順道問一下他對這事的看法。他道：「行山是我早就約定的，如果臨時失約，可能會令到你們不開心；而我當時心裡想著，既然出來了，橫豎不開心也對事情沒有幫助，就暫且忘記它，好好平衡一下自己的情緒吧！」你可能覺得他冷血，但我覺得他的説法不無道理。

煩惱影響分析力

面對困難的時候，我們都會拼命地想解決問題的方法，有些問題可以因為這樣獲得解決，但有更多的問題，是想了很久也還是想不出解決的方法。我們每天都會面對各種大大小小的問題，每天都會有些問題在當天是不能解決的；如果每天也這樣想的話，你自然會有情緒低落的時候，你自然會有神不守舍的時候，而這些負面的思想，自然而然地在你的面孔散發出來，分析力自然會減弱。

在我面對難題的時候，如果過了一段時間仍然沒法解決的話，我就索性不去想它。我會好好的出外吃一頓飯，然後好好睡一覺，一切留待明天再算。別以為這樣是消極，根據統計所得，問題在第二天自動解決的比例高達百分之四十之上，而在第二天想到解決問題的辦法高達百分之三十，因為在第二天我已經好好睡了一覺，頭腦已經回復

到非常活躍及清醒的狀態，所以解決問題的能力自然增強。

　　換言之，有七成的問題原來可以在第二天是獲得解決的。好運的人，總會抱著輕鬆的態度，不強求，順其自然，看開一點；而不好運的人，會拼命在牛角尖鑽研，硬要想出解決的辦法；可是越想越是苦惱，到最後問題無法獲得解決之餘，還要背負沉重的心情睡覺，導致失眠，又或者第二天精神不夠，而仍然想著無法解決的問題。

　　還有一個方法，就是到第二個地方再想。例如你在家裡想著一些難題而無法獲得解決，你可以馬上換個地方，例如去咖啡店，坐坐車，你身邊的環境不同，思維也會變得馬上不同。有很多作家，包括我，如果在寫作的時候找不到靈感的話，也會去咖啡店坐它一個下午，或多或少都會獲得一些在家裡或在寫字樓之中找不到的靈感。

08 觀點決定運氣

　　有一個人，在走進銀行存錢的時候，剛巧有一名賊人走進來打劫。在打劫途中，這個人不幸被賊人的槍械擊中手臂，非常疼痛。你覺得這個人是否交上惡運呢？在這宗劫案之中，這個人因為存錢而走進銀行不幸被子彈打中。相信大部份人都會覺得這個人非常不幸，因為存錢而引起無妄之災。但這個人非但沒有怨天尤人，反倒頻呼好彩。為甚麼呢？他說：「幸好賊人的子彈不是打中我的心臟，否則我早已沒有命了；真是福大命大！」在旁人看來非常不幸的事情，當事人心裡卻另有一個想法。

運氣是對事物的看法

　　我們身邊總會有些人對現實非常不滿，每件事情都只往壞處想，而忽略了事情本身正面的地方。事情已經發生了，已變成事實，你怎樣都改變不了歷史，但我們可以改變對事情的想法。大部份人都活得

不開心，是因為他們想改變歷史，而事實是不能夠改變的。既然如此，我們就有必要改變對事實的看法，令自己活得更開心。

不能改變事情，可以改變想法

我在每次舉辦「思想改變運氣」工作坊時，第一個問題就是問：「好運的人是怎樣的？」同學們大部份都是説：

「好運的人是有錢的人！」

「好運的人是感情有著落的人！」

「好運的人是與眾不同，突出的人！」

「好運的人，就是住大屋，駕駛豪華跑車的人！」

你同意以上的看法嗎？還是你心目中另有答案？看過以上的描述，我的腦海裡立即閃出了一位明星，一位已經過世的明星——張國榮先生。

有錢有名望，未必好運

張國榮先生是好運的人嗎？如果他是好運的人，那為甚麼他要跳樓自殺？那麼，好運的人就是跳樓自殺的人嗎？

另一個例子，就是因病離世的千億富婆：龔如心女士。

她所剩下來的財產，如果投資得宜的話，十世也花不完。大部份人都覺得她是一個好運的人，她繼承了丈夫全部的財產，而龔如心女士也曾被財富雜誌選為「最有錢的亞洲女富豪」。

但在我看來，她並不是一個好運的人，她花了數年和家翁打官司，每天受著是非的困擾；她自己說，每個月只花三千元，她的座駕，只是最普通的日本房車；她省吃、省用，最愛的食品是麥當勞漢堡包。

她雖然有錢，但卻不懂得花錢——當然你可以說節儉是美德，但我覺得她的生活質素，只是一個普通市民而已，甚至比你我還差；如果說她是好運的人的話，你和我也比她生活得更好，這樣我和你都是好運的人。

看來，我們有需要將「好運」這兩個字重新定義。

依照以上的邏輯來看，好運的人，並不一定是有錢的人或感情有著落的人；好運的人，也並不一定是與眾不同、物質享受豐富的人。

你和我一樣，也有資格成為好運的人，只要我們肯改變對事情的看法；只要你願意，你隨時也可以成為好運的人。每事都有光明及黑暗的一面，只要我們懂得欣賞，其實每件事都可以是很美好的。在心理學的層面上，這種自我暗示方式稱之為「自我激勵」。

以為自己交上惡運，其實只是內心的看法，如果我們能夠消除心魔，我們就能馬上擺脫厄運，交上好運。

禍福相倚

再舉一個例子，我有一個女客人，她找我看紫微斗數，因為她的未婚夫在結婚前兩個月結識了另一位女孩子，然後走了。她知道後非常傷心，整天以淚洗面，做甚麼都沒有鬥志，想甚麼都從負面的角度出發，我勸她往正面看，上天有這樣的安排，其實是要她找一個比以

只要你願意，你隨時也可以成為好運的人。在心理學的層面上，這種自我暗示方式稱之為「自我激勵」。

THEORY 01
抉擇改變命運

前更好的男人;而且也給她一個機會享受單身的生活。我說既然事情
已經發生了,已經不能改變,倒不如積極一點,多參加群體活動,結
識多些男孩子。我看她的星盤其實早有顯示,她會於一年之內找到另
一個更好的男孩子。

幸運的是,她完全信任我,並開始積極參加社交活動,不出三個
月,她已經結識了一個電腦工程師,對她呵護備至,而她在大半年之
後,再找我看紫微斗數,但這次已經帶同新男朋友一同來看了。

如果當初她抱有消極的態度,終日躲在家中緬懷過去,而不做任
何事情的話,她最後也不會再有姻緣;是她積極的態度改變了她的人
生,而她的運程也因此而有所改變!

09 只看別人缺點 人緣必然差

假設你是一間賣電腦產品的銷售經理，你的下屬在今年的銷售數字和公司的預算情況如下：

產品類別	手提電腦	電腦軟件	總計
生意額（萬）	120	60	180
公司預算（萬）	80	70	150
比預期好／差（萬）	40	-10	30

根據業績報告指出，手提電腦今年的生意比預期好，做多了40萬生意，而電腦軟件則未能符合公司預期，做少了10萬元生意；但整體來說，今年的業績比預期做多了30萬生意。

如果你今天要和下屬開會，回顧過去一年業績的話，你會針對電腦軟件的銷售量未符合公司預期而責罵下屬，還是針對整體業績符合

THEORY 01
抉擇改變命運

預期而稱讚下屬呢？

雞蛋裡挑骨頭的上司

我有一個客人，他正是這間電腦公司的銷售團隊成員之一，他將這個問題放在我面前，問我如果是他上司的話，我會稱讚他還是責罵他。我聽後毫不考慮地道：「如果我是你的上司的話，我會大力稱讚你，表揚你過去一年為公司所做出來的業績。」

我繼續道：「因為雖然你在軟件銷售方面未能符合預期，但我反而著眼在整體銷售方面的業績。」

他聽後道：「如果你是我的上司就好了。我的上司對整體銷售符合公司預期隻字不提，反而花了大部份時間責罵我們為何在軟件銷售方面未能取得好成績。」

這種上司，和一頭驢子沒有分別，他的上司不懂顧全大局，不懂欣賞整體銷售業績符合公司預期的好處，反而著眼在某一些事情上，實在是雞蛋裡挑骨頭。

這位客人繼續道：「我的上司終日悶悶不樂，就是為了這件事而煩惱，還要我們寫計劃書，建議怎樣改善來年軟件銷售的方針；他平日對工作的要求很高，即使有99件事情做對了，只要有一件事情做錯，即使是小事也好，他也會責怪我們。」

應著重看別人的優點

從這件事情我們可以看出，我的客人是多麼的不滿。當然我也同意在銷售軟件方面可以有改善的空間，但人總有錯手，馬也偶有失蹄，只要整體業績符合預期，其實是應該值得高興的。

有一些人很不快樂，就是只看到別人的缺點，而忽略了對方的優點。這樣的人，在他/她眼中的世界是灰暗的，如果將整體掉轉過來的話，整個世界就會改變，運氣也會隨之改變。

最好的人也有缺點

經過此事之後，這位客人的上司不但得不到尊重，還成為同事之間的笑柄，大家都覺得他的頭腦有著根本性的邏輯問題，而且不懂大體。不問而知，這位上司的人緣運也好不到哪裡去。最好的人，也會有自己的缺點；最差的人，也總會有自己的優點。如果你想你的運氣增加，你就有必要將別人的優點放大，儘量將對方的缺點隱藏起來。

懂得欣賞對方，發出由衷的讚美，對方也會受落。我從未見過有人是不喜歡被讚美的，即使那些常說「少來這一套」的人，也只是不喜歡「沒有理由的讚美」而已。如果你是基於事實來讚美對方的話，對方也一定願意聽取。

THEORY 01
抉擇改變命運

10 過於謙卑 形同虛偽

在你我日常生活之中，很多時候都會聽過人家這麼說：

「說得不好，請不要介意！」

「承讓了！其實我也不是做得十分好，只是人家讓我而已！」

在看「歡樂滿東華」或其他表演的時候，也常聽見表演者這麼說：

「請多多包涵！」

「獻醜了！」

你有沒有說過這樣的話呢？你是否真的覺得技不如人，而真心說出以上的話呢？

不自負，不自貶

在我的一生之中，不知多少次聽過這樣的話，我從小就對這些說話疑惑不已。

當然，太過自大狂妄也不是好事，但我們也不需要在每件事上都表現得太過謙虛；我曾經就以上問題反覆思量過無數次，我發覺説這些話的人，多是炎黃子孫；而外國人，尤其是美國人是不會來這一套的。美國人最多只會説：「這些都不只是我一個人的功勞，其實也依賴大家一同努力，才會獲得成功。」不自負之餘也不會太過貶低自己，是非常正確的做法。

　　如果你要上台表演的話，總不會覺得自己技不如人吧。古語有云：「獻醜不如藏拙」，如果真的是「獻醜」，那就不如不出來表演好了。所以上台表演的同時，又對大家説：「獻醜了」是有矛盾的；相信大家都會記得，古時的中國社會，那些賣武的人，在表演前一定會對大家説：「獻醜了」，這句説話深入民心，我們不知不覺間也會受到這些説話或文化影響，形成在工作或個人生活方面都不想太過表現自己。

中國人大都抱有儒家思想

　　在我過去舉辦過的講座或課程之中，大部份人在剛進場的時候，都是交叉雙手放在胸前，不發一言，問問題的時候也沒有人回答。我每次都要想一些集體遊戲來讓大家熱身，氣氛才會熱鬧起來。

　　我發覺這些情況在美國人身上完全看不出來。美國人的性格比較坦率，有不滿意的話就會直接表達出來，如果他們有機會去表現自

己的話，他們一定會當仁不讓，也絕對不會在說話時，不停的在數說自己沒有能力勝任這份工作。這點也和他們的文化背景有關，因為他們的社會競爭比較激烈，他們不主動爭取是不會得到任何機會的；而且他們從小所受的教育也和我們中國人不同；我們中國人講求長幼有序，要懂得分尊卑，上課時老師所說的就是道理，就是這些階級觀念，令到我們在人前不敢太過表露自己。

中國人比較著重「對」與「錯」，界線很清楚，學生只被鼓勵做某些老師或家長認為是對的東西，而被強烈禁止做另一些東西。

中國人個性比較內藏、內向，有甚麼事情都不好意思直接表達出來；這點可能和墨子思想有關。墨子鼓吹平和思想，一直以來，中國人都會覺得謙卑是美德，但另一方面，卻會因為太過謙卑而白白錯失了很多機會。

現在的香港人，或者一些中國比較發達的都市如上海、北京等就好得多了。因為外資公司不斷在亞洲區發展，香港或很多中國城市都有不少外資機構，而外國文化也在不知不覺間在過去二十年逐漸滲入，我們現在的文化和數十年前有很大程度上的不同；不過即使如此，我們的潛意識或多或少都會受到儒家思想影響而變得過於謙卑。

過於謙卑影響潛意識

當然，適當的禮貌還是需要的。你總不能夠每次出來都說你自己

是最好的，這樣會給人家自大的感覺。但我覺得過度謙卑反而會有反效果，而且負面影響甚大。我們只需要恰如其分，盡力做好自己就可以了。

如果每事都太過謙卑的話，久而久之，你的潛意識會受到影響，你的信心會不斷動搖，連你也不禁會問自己：「我是否真的技不如人？」我有說過，當你想著自己真的不能夠做到的話，你就真的不能夠完成任何事情。

我最不喜歡的，就是父母在說及自己的兒女時，說自己的兒子是「犬兒」或「乞兒仔」。這句話真的是虛偽得可以，也完全言不由衷。如果他們的兒子是乞兒仔的話，他們就真的是乞丐嗎？當然不是，而我亦深信沒有父母會有這樣的想法。以上的說法只是太過謙卑而已。但這樣卻對兒女影響甚大，他們從少就受到這些話語所影響，在生活上，學業上或將來工作上都受到潛意識所控制，以致他們不會太過表現自己，又或者想著自己甚麼都不行。即使成就再高，也還是覺得自己還差一點點。

這些說話其實是硬將兒女的信心降低，對他們的成長會有著深遠的影響。

好好留意一下，下次機會來臨時，應該說「謝謝你的讚賞！」將別人讚美你的話照單全收，而不是說「才不是呢，我也是獻醜罷了，見笑了」這種完全言不由衷的話語。

11 信有好運
好運自然來

你覺得自己的運氣好嗎？想想看，你是否一個幸運的人？

　　如果以十分為最高分、一分為最低分的話，你會怎樣為自己的運氣評分？

　　1□　2□　3□　4□　5□

　　6□　7□　8□　9□　10□

運氣可以後天決定

　　我一向對一些不可解釋或特別的事情有著濃厚的興趣，運氣就是其中之一。從很久開始，我就思索著運氣這個問題。運氣是不是天生的？因為我從很小就為人看紫微斗數、風水，我以前一直堅信運氣是天生的，後天不能改變。

直到我長大之後，我對運氣這件事的看法開始有所轉變。

　　我就這個問題問過很多的客人，以及對照他們的星盤作一個比較。我發覺一個很有趣的現象，就是認為自己運氣好的人，和認為自己運氣差的人，其星盤的分佈比例平均，並沒有某一種格局高的星盤（例如化祿，在紫微斗數解作財運之意思）或格局低的星盤（例如化忌）認為自己一定是幸運的人或不幸運的人。這對我來說有點奇怪，因為我從小就覺得，星盤格局高的人應該會認為自己是幸運的人，而格局低的人一定認為自己的運氣比較差，但事實並非如此。

　　無論格局高低，認為自己好運、不好運或一般的比例差不多是一樣。認為自己好運的人，佔整體比例百分之六十；認為自己運氣特別差的人，佔整體比例百分之十五，認為自己不過不失的，佔整體百分之二十五，圖示如下：

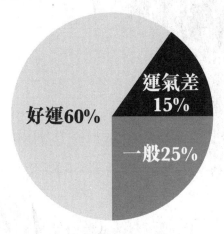

好運和財富並沒有太大關係

第二樣我發現的事情，就是選擇好運、一般和不好運的人，和他們的職業及財富沒有太大關係。這點也和我以往所認知的不盡相同，富有的人，也會認為自己的運氣不佳；做一些很簡單的工作的人，例如技工、清潔工人等等，也會認為自己的運氣很好。無論是富人、窮人，選擇好運、一般和不好運的，比例幾乎一致。

由此可以看出，運氣似乎和財富及職業沒有多大關係，也不是因為「八字好」而認為自己好運的比例有所增加。評分的玄機再看回你之前所給自己的評分。當我問客人認為自己是否幸運的時候，大部份人都只覺得自己的運氣「只屬一般」。但當我叫他們以十分為滿分、一分為最低分去為自己的運氣評分的時候，他們很多都會給自己的分數在五分之上，這就有點奇怪了，因為模糊的概念告訴他們只是一個運氣普通的人，但當要作具體評分的時候，他們也會覺得自己還是有點運氣的，否則就會將評分降至五分之下了。而大部份人會給自己評定為六分或七分。你是否也是屬於這個界線呢？

這個現象充份解釋到人性。其實認為好運和不好運的分別，只是自己的想法而已。心理學家花了很多時間去研究人性，卻少有這樣的研究報告，可能他們覺得運氣這回事是虛無飄渺的，是難以捉摸的，所以很難以實質的數字去表達。而我從事玄學工作，每天都要接觸大量客人，因利成便，我搜集了很多星盤，而客人也樂意成為我研究的

對象，因為他們也想知道運氣到底佔了成功的比例是多少。

　　根據我的資料統計，運氣好和運氣差的人，在星盤格局的高低差不多各佔一半，意思就是：星盤格局的高低，和一個人的運氣沒有多大的關係。當然，有些星盤清楚指出那個人有橫財命，他自然會有多一點「不勞而獲」的機會，但這又是否說明他一定運氣好些呢？似乎又不是這樣，有些人有著一般人沒有的橫財命格，他也覺得自己的運氣也不外如是。

　　我有一個客人就是有著這種命格。他有不錯的橫財命，而我問他過去發生的事情時，他都一一點頭。他說：「沒錯，我常常都有抽獎命，我也曾經中過六合彩的三獎，那時分得四萬多元，算是不錯；但我仍然感到不開心，因為我還沒有中過六合彩頭獎，我是否有這個機會呢？」我當時為之氣結，換轉是一般人，如果有著不錯的橫財命，而又中過六合彩三獎的話，早已覺得自己是一個非常幸運的人了；不過仍然有人會覺得自己不外如是，而想額外獲得多點「不勞而獲的財富」。

　　看過以上的例子之後，希望能夠對你有所啟發，並知道「運氣不是估公字」或「運氣不是擲骰子」那樣簡單！運氣是一個想法，一個你可以完全自由控制的想法！

12 你有沒有在街上 撿到錢的習慣?

想想看,在你過去的人生中,你有沒有試過在街上撿到錢?
次數是否頻密?又或者,你是否在過去的人生中常常在外面
撿到一些東西,例如電話、銀包?

在我的研究之中,我就這個問題問過很多人,自認好運的人,
大多都會在毫無準備的情況下在街上撿到一些不屬於自己的東西;而
自認為不好運的人,大部份人都說很少有這樣的機遇,這又說明甚麼
呢?難道好運的人真的很容易獲得意外的驚喜嗎?

對日常生活抱持輕鬆的態度

我有一個客人黃先生說道:「我不知道為甚麼,我總會很多時候
在街上撿到一些不屬於自己的東西,例如金錢、銀包、電話,有一次

我甚至檢到一張中了獎的六合彩彩票，我也說不上是甚麼原因；可能是我比較留意身邊的事物有關吧。我總會在外出的時候四處張望，而且在乘搭交通工具時，例如坐巴士或的士之類，我都會在下車的時候回頭望一下；別看少這一望，它不單只可以令我有時候發覺一些不屬於自己的東西，更多時候會令我看到一些我遺留在車上的東西，大大減低我遺失東西的機會。不單是乘車，在出席公眾場合的時候，例如到酒樓或餐廳吃飯，我都會在離開時回頭望一下，這個『回頭望』的動作和乘車時的動作意義一樣，為我減少很多遺失物品的機會。」

「我肯定這樣的做法是正確的。如果你問我為甚麼會這樣，我也說不出所以然來；真的要我想，我會說是我觀察力比較強吧。」

一次無意的午飯改變一生

另一個客人姚小姐在問卷之中這樣寫道：「不知道是否正確，我每次碰到機遇的時候，總是懷著愉快的心情。我有一次在外出買飯盒的時候，剛巧遇到一位舊同事，因為我當時心情愉快，也就主動提出和他吃飯，連飯盒也不買了。在午飯的談話之中，我得知他公司急需要一個會計，而我剛巧在原有的公司裡做得不太開心，所以就提出由他推薦我加入他的公司。結果呢？我被這間公司取錄，工作了7年；直至現在，我還是在這間公司工作，而我同事則因為介紹我而得到大老闆給的獎金。」

「我真不敢想像如果那時見到我的舊同事時,大家只是打一個招呼,我還有沒機會找到這份我到現時為止最滿意的工作。」

對身邊事物保持輕鬆態度

根據我的觀察,每個人的機遇不同,而取得幸運或運氣的方式都是大同小異:就是他們都對身邊的事物都抱持輕鬆的態度。

運氣好的人,無論在何種時候都會處之泰然,對身邊的事物都會留意多一點;相反,運氣差的人總會非常緊張,而情緒正正是一個人運氣的關鍵所在。

如果你對事物抱有緊張的態度的話,你的目光很容易變得狹窄,整天都會想著那件不開心的事情,而忽略了身邊很多可能令你開心的事情。

有些人就是太過執著於某一件不開心的事情,比方說被老闆責罵吧,整天想著它,甚至乎整個星期也想著它,結果不單對事情無補於事,反而令到自己不開心,心情不好的時侯,做什麼事情都會覺得不順心的,也就覺得運氣不好了。

在我看來,那些將甚麼事情都會置之一笑,不那麼認真的人,才是真正好運的人;因為他們不會被不好的事情所迷惑,影響心情,而且也會對身邊一切的事物採取警覺,留意的態度,他們會看到很多別

人看不到的事情或東西。

　　希望你能夠從今天開始，將所有不開心的事情都放在一旁，而專注於令自己愉快的東西；不要在臨睡覺的時候，腦海中只想著「今天發生了甚麼倒霉的事情」，改為想著「明天會發生甚麼好的事情」；光憑這點，你的運氣就會馬上作出改變！

13 運氣會否在 將來靠近你？

請你寫出你預期你一生將會發生的事情，以 0 分為絕不可能發生，10 分為絕對有可能發生：

a.我將會在某一次投機，投資或賭博之中獲得勝利（例如買股票、買樓、買馬、買六合彩、抽獎），而得到的金錢將會是五十萬元或以上。

b.我在老了以後，無論心境，衣著也會越來越年青。

c.我在一生當中至少會完成一樣我一生的心願或抱負。

d.有人會稱讚你多才多藝，樣樣皆能。

e.你將會和你的家人保持非常好的關係。

f.我一生至少會經歷一次交通意外。

g.我老了以後會非常醜陋。

h.我有機會發覺自己原來入錯行。

i.我會選擇到一個不合自己心意的伴侶。

j.我會有自殺的傾向。

答案： a □ b□ c□ d□ e□ f□ g□ h□ i□ j□

運氣就是你的預期

運氣，是最難捉摸的東西，表面上，我們難以控制運氣的到來，要得到好運，大部份人都會覺得是上天賜予的，我們不能夠掌握。如果是這樣的話，每個人都不能預期自己的運氣，又或者對運氣的看法應該是一致。而事實又是否如此呢？

前文的問題，主要分為兩部份，頭五條題目是預期未來有著好的運氣，而後五條題目是預期未來有著不好的運氣。在我的研究當中，我將前文的問題分別問過自認為運氣好及自認為運氣不好的人。得出來的結果是，自認為運氣好的人一致 地在頭五條題目之中獲得更高的分數；而自認為運氣差的人則在後五條問題之中取得很高的分數。分數為何會有這麼大的差距呢？

負資產際遇兩面睇

　　我有一個客人，他自認為一個好運的人。他道：「我一生都交上好運，從我多年前工作開始，我就不停的遇到貴人，一些在生命之中可以幫助我的人。我在金融風暴的時候，我的樓宇變了負資產，這件事給我的老闆知道，他二話不說，就幫我付清所有的債項，他叫我以後分期慢慢還給他；他無條件的借錢給我還清債項，只有一個條件，就是我以後都要幫他工作，因為他覺得我是一個很能幹的人，他要利用這個機會永遠留住我，替他工作。」這位客人續說：「我當時聽到他對我這樣說，我就个停流淚，面帶感激之色；我想不出我除了流淚之外，我還可以做甚麼；所以我常說我是一個非常幸運的人。」

　　你認為我這個客人幸運嗎？

　　且讓我們來看看以下另一個的故事：

　　「我是一個不幸的人，厄運總要來找我，降臨在我身上。從一出來社會工作開始，我就沒有買樓的打算，天意讓我碰到一個我最愛的人，即是我現在的妻子。我們準備結婚，所以才在迫不得已的情況之下買樓。那年剛巧遇上金融風暴，所以我買下的樓房應聲下跌，還變了負資產；後來我老闆知道了這件事，就提議幫我還清所有債項，好等我專心工作。不過他有一個附帶條件，就是我在還清所有債項時，都不能夠離開他的公司。」

「前前後後，我已經為他工作了16年了，我的未來是一片灰暗，因為我將不會有任何機會轉到別的公司工作，我的人生也沒有希望；我眼前見到的，只是無窮無盡的工作，我不可能提早退休。」

　　同一件事情，可以有不同的看法。如果我的客人抱有後者的想法的話，他將會怎麼樣？他做每一件事情都會沒有幹勁，他自覺沒有明天，每天都要不停地工作，心情都不會好到哪裡去。他的一生都會不開心，他甚至可以埋怨上天，為甚麼會認識他現在的妻子，而令他違背本來的意願或計劃去買樓。

術數預測只是劇本

　　將來的事情，誰也不能預料得到。即使利用術數，也只能知道一個大概而已。就好像做戲一樣，有了劇本，也要靠演員的演繹才能夠成為一套好戲。同一個劇本，不同的導演又會有不同的演繹手法。

　　如果你對將來沒有信心，你的運氣自然不會好到哪裡去。在我研究的對象當中，不幸的人總會想著不好的事情。例如抽獎，還未開獎的時候就會對自己說：「我一定是不會中獎的了。」做銷售的，還未開始出外見客，就已經說：「那個客人一定不會買我的產品了。」就這樣，當他和客人見面的時候，我們已經可以想像得到他一定不會落力地推銷，而客人買他的產品的機會一定不會高。當客人不購買他的

產品時，他就會説：「我早已經知道他不會買了。」他還以為自己的預測準確無比，其實這正是「將自己預料的事情變為事實」。

　　反過來説，如果是滿懷信心，自覺好運的話，未到最後一刻也不會輕易言棄。在見同一個客人的時候，他一定會準備充足，心裡會這樣想：「機會來了，就讓我好好發揮一下吧！我知道這次一定會成功的！」然後努力推銷。客人也可能會覺得誠意可嘉，自信心十足，購買的意欲自然大。

　　當成功的時候，這個自認為好運的人，就會對自己説：「我的想法一點也沒有錯呢，這個顧客果然購買我的產品了！」他會因為自己的預測成為事實而感到高興，其實他是因為有了願景，而用自己的努力去將願景化為事實而已。運氣高低直接影響對將來事物的期望在前文的題目之中，我們可以分成兩部份來看。題目 a 至 e 為一組，題目 f 至 j 為另一組。看看你每一組的平均分為多少，以5分為一個分界線。

　　在第一組的題目之中，如果你的平均分在5分以上的話，那就真的要恭喜你了，因為你的潛意識要達致成功或好運的意慾非常之強，你可以被介定為好運的一群；相反，如果你的平均分在5分以下的話，你就有必要檢討一下，想想自己為何會有這樣的看法。

　　同樣道理，在第二組的問題之中，如果你的平均分是在5分以下

的話，代表你內心的負面思想極少，很多時候你都不會覺得厄運會降臨到你身上，而你也會盡一切辦法去阻止厄運的降臨；相反，如果你在這組題目的平均分是在5分以上的話，代表你的潛意識會讓你做一些未必理智的決擇，又或者堆滿負面的想法而令你的運勢下滑。

你入錯行嗎？

最後一提，在這部份的研究過程當中，我發現有一個現象相當有趣，值得和各位分享一下。就是在「我發覺我有機會原來入錯行」這條題目之中，自認為好運的人和自認為不好運的人所得的分數相差極遠。

自認為好運的人，在這條題目之中所得到的分數為 2.4 分，而自認為不好運的人所得的分數則高達 8.9分。換言之，十個自認為不好運的人當中就有差不多九個會覺得自己一生最少有一次機會是入錯行。

我再就這問題再作跟進，詳細問明好運的人和不好運的人的經歷。其中有兩段對話我很想和大家分享。

自認為好運的林先生道：「我一生轉過多份工作，每一次轉工我覺得都是一個正確的選擇。儘管有時候工作並不太如意，但我總能看到它的光明面。例如我做過賣電話的銷售員，每天日曬雨淋，行了很

多路，真的很辛苦；但我對自己說：就當是運動吧，自己反正又不會去健身中心，每天步行兩個小時對健康有好處呢！」

另一位自認為不好運的黃小姐道：「我現時是一個會計文員，每天都幹著一些自己都覺得厭惡的刻板工作，我做這行做了二十年，現在回想起來，我發覺我真的是入錯行；不過我卻沒有轉工的勇氣，因為我除了會計之外，甚麼也不懂。」

發人深省的，是她接著下來的對話。「如果能夠讓我的人生重要再來一次，我一定不會選擇讀會計及讓會計文員成為終身的職業。」當我再追問她會選擇甚麼職業時，她想了許久，卻答不出來。

人有時候總會後悔自己所作的抉擇。古語說得好：「悔不當初。」如果你真的決定了的話，你就要堅持自己的決定，並認為這是一個最好的決定。否則的話，不停的作決定，又不停的去後悔，最終的願景一定是失敗；唯有在決定之前詳細考慮，並不停的想著成功的景象，你就會不其然成為一個好運的人！

14 運用感染力 讓好事發生

單身人士的約會假設你經婚姻介紹所認識了一個對象，你今晚就要和對方作第一次的會面。在見面之前，婚姻介紹所已經告訴你對方是一個很開朗、健談的人。你會覺得今晚的約會氣氛怎樣？你今晚會過得愉快嗎？

　　如果你在赴會之前，婚姻介紹所已經告訴你對方是一個怎樣的人，你就會不自覺的循這個方向去想，我敢肯定這個約會將會是一個愉快的約會；雖然往後發生的事情大家都不敢肯定，但會面過程之中大家應該會相處得很開心。

互相感染

　　為甚麼會這樣說呢？因為這個對象對你來說是完全陌生，而你對

他/她的第一個印象就只能靠婚姻介紹所的評語。當你期待對方是一個開朗的人，你會想到甚麼？可能是笑容；可能是愉快的表情，而這些想法，會不期然地在你的面孔裡出現，你也會滿懷笑容的去赴會，而對方也會以愉快的笑容相待，氣氛自然良好。

然後第二個在你腦海出現的形容詞是健談。同樣道理，你也會被這句評語所影響，期待對方是一個很健談的人，你的說話自然也比較多，對方也會說些話來回應你，又或者對方會發表自己的想法，而令話題多起來。所以，身邊的人本身的態度並非最重要，更重要的，是你自己的想法，你的感染力會影響到身邊的人的一舉一動。

好人心裡沒有壞事情

我們常說「好人心裡沒有壞事」，如果自己心情好的話，看甚麼事情都會是好的。為甚麼呢？因為人就好像一面鏡子，你看到身邊的人的表情怎麼樣，其實在某程度上就是反映自己的性格和態度。古語有云：「伸手不打笑面人」，如果你對每個人都是笑容可掬，態度親切的話，你身邊有誰會好意思用冷淡的態度對待你。

我有一個客人，她總覺得自己的人緣運甚差，身邊的人對她的態度都不怎麼好。從我為她論命的一個小時當中，我發覺她有一句沒一句，對人也沒有禮貌，我於是耐著性子解釋給她聽人緣運是怎樣建

立的。由於我的態度真誠，她深深被我的說話所打動，到最後她變得有禮貌很多，笑容也很親切。我於是對她說：「其實你的情況並不是如此糟糕，只要你平日都像現在這樣，面上常帶笑容，說話有禮貌一點，你的情況就一定會不同。」

人緣就像一面鏡子

過了數個月之後，她特意傳送了一個電郵感激我。她說從沒有想過自己的感染力是如此之強，她甚至乎覺得即使去一間餐廳，服務員的態度也有明顯的好轉。她在電郵中道：「我甚麼也沒有做過，我只是多些笑容，及加多一句『謝謝』而已，沒想到效用是如此之大，我看到身邊的人的笑容明顯增多，而我的人緣運也明顯地比以前強很多，原來你說人和人之間就像一面鏡子真的沒有錯！」

感染力是可以很厲害的。即使對方是一個多凶惡的人都好，只要你保持笑容，不動氣，說話有禮貌，過了一段時間對方就發惡不出來了，這就叫做人性；因為人都會受到身邊事物所暗示，而不自覺地做出暗示所表達的東西來。例如我平日為人看命，無論那個人多沉默寡言都好，經我的暗示或引導之下，總會變得比較健談，心情也比較開朗。

活用身體語言與聲線

　　我舉辦的課程也是這樣。無論是「思想改變運氣」或「記憶創造成就」課程都好，來聽講座的，都會被我的感染力打動，而變得有活力及開朗起來。關鍵並不是課程本身的內容，而是講者的身體語言、聲線及誠意。

　　如果你自覺人緣運不太好，身邊的人都不太關心你的時候，你就要想一想問題出在哪裡了。是自己的笑容不夠，禮貌不好，又或者是有其他原因呢？在下次光顧餐廳時，試一試在點菜時，加上笑容，點完菜之後再加一句「有勞了」，對方一定會欣然接受，而給你一個笑容作為回報的！

15 繼續 還是放棄？

以下有三種情況，請你想想看，你會怎樣處理：是放棄，還是繼續嘗試？

情景一：你家中的咖啡機壞了，而你修了三次都沒有好，情況一次比一次糟糕。

情景二：你在公司待了一段時間，應該是時候晉升了，而你在過去三年的升級試都遭逢失敗。

情景三：你正在應考一個已經四次不及格的公開試。

屢敗屢試的精神

在研究報告當中，其中有一條題目就是以上的問題。我想從自認為好運的人和自認為不好運的人當中找出他們的差異點，然後從心理學的角度去作出剖析。

得出來的結果，自認為好運的人和自認為不好運的人在回答這條問題之中存在著明顯的分別。大部份自認為不好運的人，他們都會嘗試在同一件事情遭到失敗之後，很快就會放棄。我有一個客人在問卷之中這樣說：

「如果同一件事情在重複失敗多次之後，其實就代表著事情本身有問題，也不值得我去一試再試。乾脆放棄，另外再找別的東西去嘗試來得更加划算。」

對於晉升的問題，我的客人張先生有以下的經驗：

「我是從事建築工程的工作，我加入現在這間公司已經超過20年。在10年前，我覺得自己是時候可以獲得晉升，所以我參加了升級試，但試了三次之後，公司都沒有晉升我，從此之後我便採取放棄態度，我也沒有再參加任何的升級試了。」

放棄等同單方面判自己死刑

不幸的人根本就會堅信自己失敗，所以在嘗試了數次之後，他們便會採取放棄態度，結果不問而知，大部份人都不會成功；他們相信，如果試了數次也還是沒有成功的話，再試多一次都不會成功；這就等於，他們在單方面向自己判了死刑，而永遠也不會有機會成功。

其實這種想法是錯誤的。的確，生活之中有很多事情你試了很多次都有很大機會不會成功，例如中六合彩頭獎；但更多的事情卻恰恰相反，你越試得多，你成功的機會就越大。

世事總無可能是完美的，有很多事情一開頭都不會成功，但只要我們下定決心，努力一試再試，我們便能挽回部份的弱勢，而令自己走向幸運的一方。

視失敗為正常

我們且來看看認為好運的人在問卷之中填了甚麼。我有一位客人黃小姐在問卷之中是這樣說的：

「我對事情在開頭不能成功很不以為然，我甚至乎覺得這是正常。在我過去的經驗當中，幾乎沒有一樣事情是可以在一開頭就成功的；但每當我失敗時，背後總有一把聲音在提醒我：『多試幾次，你就一定能夠成功！』我每次都會聽從這把自我聲音的指示，而繼續嘗試下去，得出來的結果也很令人滿意。」

「例如在考公開試的時候，我考了三次也還是不及格，如果換轉是別人，早就已經放棄了，但我卻從來沒有這樣想過；相反，我更加勤力去溫習，希望下一次能夠有好的表現。就這樣，我在第四次就及格了，我為此而感到高興，也很開心地認為這種堅持的態度是正確的。」

　　幸運的人自有其改運的法則，如果你能夠明白很多事情也要多番嘗試才能夠成功的話，你就一定會作出堅持；不幸的人相信自己不會成功，所以不會堅持到底；而幸運的人則深信自己一定會成功，所以屢敗屢試。

　　如果你任何事情在試了一、兩次失敗而不再去嘗試的話，你往後成功的機會就等於零。幸運的人，會視頭三、兩次的失敗為一個磨練，他們不單只不會停下來，而是更加一鼓作氣去再度嘗試。而且，他們也會嘗試用不同的方法去達致目的。

感情很少第一次就成功

　　想想看，感情方面的問題最能體現這種狀況。現代的社會當中，絕少的成功婚姻是第一次就成功的。大部份成功的婚姻或感情，都是在經歷了三次甚至乎更多嘗試才能找到自己終身的伴侶。如果在第一次遭逢到感情失敗就放棄的話，往後的日子就會非常難過。我有一位自認為幸運的陳小姐這樣說：

　　「和第一位男朋友分手時，我在開始時非常傷心。因為他是我第一個男朋友，而且我們相識了超過十年。我一度以為他就是我的終身伴侶。後來我想通了，我會視這次分手為他的損失，我並未對感情失去信心；沒多久，我認識了另一位男士，他是我現在的丈夫，而且我

們現時的生活都很愉快;所以有時候看事情不要這麼單純,也不要以一次的得失來論成敗。」

　　希望以上的事情能夠對你有所啟發,而你也不要輕言放棄。

放棄,還是繼續嘗試?有些事情,越試得多,成功的機會就越大。

16 摒棄
悲觀情緒

請你回答以下問題，每個問題按照以下標準評分：

1分：我從來不會這樣做

2分：我很少這樣做

3分：我有時會這樣做

4分：我很多時會這樣做

5分：我每次都是這樣做問題

問題

1：我最喜歡的人令我非常失望。

2：當別人讓我失望時，我會非常生氣。

3：我很想控制身邊的人的想法，期望他們和我看法一致。

4：有時我會覺得孤立無援，身邊的朋友或親人都不能夠幫助我。

5：我覺得身邊的人對我都不怎麼好，常常好心得不到好報。

6：我嘗試過改變身邊的人，但我覺得都沒有太大用處，反正他們都不會改變。

7：我很悲觀，我常想著我永遠都不會得到我想要的。

8：我會活在未來的期望裡，現實生活根本滿足不了我。

9：當我得到我想要的東西時，我覺得不外如是，然後我馬上會想得到別的東西。

10：我在心裡常想著曾令我失望的人的對話，例如我以前的男朋友，或女朋友。

評分1□ 2□ 3□ 4□ 5□ 6□ 7□ 8□ 9□ 10□

經常失望會降低運氣

請你將前頁的問題分數總和加起來，看看你的總分是多少。

如果你的得分是30分以下的話，恭喜你，你的分數和大部份自認為好運的人一樣；但如果你的得分是31分或以上的話，你就要小心了，因為你有著和大部份自認為不好運的人一樣的分數，你的情緒處於悲觀狀態。

根據我的研究報告，自認為好運的人，在這組問題的得分平均分為18.7分，而得分為30分以下的，佔了86.54%；另一方面，自認為不好運的人，在這組問題的得分平均分為35.4分，而得分為31分或以上的，佔了78.48%，這個結果極有代表性：自認為好運的，很少會有令他們失望的事情，而自認為不好運的，很多都有極度悲觀的情緒，心情非常浮動，他們極想去改變一些事情，或者期望別人要認同他們的想法或意見，但很多時候都強差人意，而令他們心情變壞。

別強迫旁人認同你

我們每個人都想自己的想法或所做的東西得到別人的認同，這點無可厚非，但世事豈能盡如人意。一樣米養百樣人，我們總不能強迫所有人都認同自己的想法。就好像我一樣，我在自己所寫的《小改變，大改善》一書中提到的「勤力並不等於成功」及「早睡早起並不一定是一個好習慣」，我覺得是非常獨到而且精僻的見解，但大部份有著傳統思想的人都不會認同我的說法；「改變思想，就能改變運氣」的說法也是一樣，並不是每個人都能接受的。因為每個人的背景不同，所接受的教育也不同，所以我的看法並不一定會受到每一個人認同。

即使如此，我並沒有感到失望，因為我明白到「不論是多對的事情，總有反對的聲音」。我所能夠做的，就是堅持自己的立場，和聽

聽他人的想法。

　　失望及悲觀的情緒，是由你自己的內心深處製造出來的。只要你選擇不要它，它就自然會離開。對任何事情都不以為然，每事都向正面處想，你就會覺得這個世界是美好的。

悲觀的壞處

　　就像前文其中有一條問題問道：「有時我會覺得孤立無援，身邊的朋友或親人不能夠幫助我。」其實這條問題是問你對助力的看法。如果你不改變看法，即使身邊的朋友或親人對你多好，你還是感覺不到的；相反，如果你從正面的方向想的話，你可能會看到一些你值得欣賞的地方。

　　擁有悲觀的情緒，其實就是阻止運氣的到來。我常説：「如果不開心，沒精打采的話，即使在你面前有銀紙你也不會看到。」將運氣拒諸門外，其實是最愚蠢的做法。

　　人在面對情緒失控的時候，其判斷力、思維自然會比較弱，本來可以做得好的事情，也可能會因為情緒影響而做錯了；唯有集中精神，摒棄失望的想法，運氣才會到來。

17 不計較得失帶來的好處

1969 年，美國第一架載有太空人的太空船登陸月球，為人類寫下新一頁輝煌的歷史。

當時，第一位踏在月球表面的太空人岩士唐在回到地球之後對記者說：「這是我個人跨出的一小步，卻是地球人跨出的一大步！」這句說話一出，全世界的人都為他熱烈歡呼。

可是又有誰會留意到同機的另一名太空人呢？

　　當1969年美國太空船登陸月球之後，第一名踏進月球的太空人岩士唐在回到地球之後立即成為眾人的焦點，記者都爭相訪問他；直至有一名記者詢問第二名踏上月球表面的太空人之後，眾人的目光才轉向他，這位太空人就是奧德倫。

不識趣記者的提問

這名不識趣的記者的問題是：「奧德倫先生，請問你同樣是踏上月球表面的太空人，但由於你不是第一位踏上月球表面的人，你的鋒頭很明顯被岩士唐先生蓋過，請問你有何感受呢？」儘管大家都認為這位記者甚不識趣，有些甚至乎覺得他很沒有禮貌，大家還是很有興趣聽聽奧德倫的回答。

奧德倫想了想之後回答道：「很多謝這位記者的問題。其實也沒甚麼所謂的，因為岩士唐雖然是第一位踏上月球表面的太空人，而我卻是第一個從月球回歸地球的太空人呀！其實都是一樣的！」在奧德倫回答了這個問題之後，全場掌聲雷動，而掌聲維持了足足一分鐘之久；大家都為奧德倫的妙語為之動容，深深被他的氣量所感動。

坦白說，如果不是有江河的氣量的話，是不會說得出這樣的話來的。

人比人，比死人

我另外有一個客人，他有一個9歲大的女兒。他久不久就會和我通電郵，訴說他的女兒怎麼不爭氣。他說他的女兒在考試時全級考第75，而全級則有學生150人。在我看來，他女兒的成績其實不錯，但他總是覺得女兒可以再考得好一點。

這位客人很緊張他女兒的功課，每天都要親自督促她。而每科測驗又要跟他女兒之前的成績作比較，我覺得這樣會給他的女兒很

大壓力。我跟他說，其實他可以想想女兒好的東西，比方說他女兒做了班長，老師及同學都很愛戴她，證明她的人緣運甚佳；可以是這位客人就覺得這些都是理所當然的事情，他只會將焦點落在女兒不好的成績上。

我跟他解釋道，除了看成績之外，也要看一個人是否盡了力，這才是最重要；如果他的女兒已經盡了力的話，就已經無話可說，也不應該將焦點只落在一些不好的事情上而加以放大。因為小孩子也需要滿足感，如果她已經盡了力，而父母又不給予適當的鼓勵的話，她是會很容易放棄的。

可是她的父母很明顯不太明白這點，還將無形的壓力每天放加在女兒身上。比方說數學測驗吧，他的女兒拿了80分，他還覺得不夠，認為他應該要拿90分才算好。我接著問他：「如果你的女兒拿了90分又如何？那下一次又要拿95分嗎？」這樣的追逐是永無止境的，而且總有一天會掉下來。就好像奧運金牌選手一樣，如果拿到金牌的話，下一次又一定要拿金牌，如果拿銀牌就會不開心了；這樣的比較是完全沒有意思的，最重要是自己心裡覺得盡了力就可以了，不必拿人家來作比較，也不必將勝負看得太過緊張。

有時候，你越緊張，得出來的結果就會越差，唯有抱著平常心的態度，日子才能開心地過，運氣才會到來。古語有云：「財不入急門」，你越緊張，金錢及快樂只會離你越來越遠。

THEORY 02
人類決擇的機制

德國著名心理學家柯勒（Wolfgang Kohler，1887-1967）做了一個非常有名的猩猩實驗，來看一看猩猩的行為是怎樣突然產生變化的。

柯勒設定了不同的情景讓猩猩去解決難題。有趣的是，每次猩猩在一開始時未必想到解決問題的方法，但總是在後來突然之間想到，然後解決難題。

18 不公平的定律

很多人説道都認為成功的人都會有其特點，而其中一個特點，
就是成功的人都是好人。
你同意這個説法嗎？

　　有很多人都以為，成功的人、富有的人，又或者擁有正確的人生
觀的人，他們都一定是好人；其實這種想法完全錯誤。廣東話也有説
道：「忠忠直直，終須乞食。」好人大多數都沒有好結果，好心的人
也不見得一定有好報，這就是不公平的世界所附帶的定律。

童年時每人皆想做好人

　　我們在年幼的時候都想當好人，因為我們的父母及師長都是這樣
教導我們。有的人志願想當警察，維護法紀；有的人想當律師，抱打

不平；也有的人想當醫生，濟世為懷；這些都是年幼時的想法。

隨著年月的過去，長大之後我們都要出來社會工作。到工作的時候才發覺，為甚麼我對那個同事那麼好，他還要出賣我？為甚麼我工作時那麼賣力，到最後獲得老闆賞識加薪的竟然不是自己？年幼時老師不是說過「孔融讓梨」這個故事嗎？為甚麼禮讓於人，到最後生意竟然被人奪去？我可以對大家說，這種情況是絕對正常的，相信大家都有同感。在商業的社會裡，我從未聽過做生意的人對競爭對手說：「我還是不做了，這單生意我就讓給你做吧！」因為這樣做只會加速自己公司的滅亡。

所以，我請大家明白，正確的人生觀，又或者令自己成功，致富的人生觀，並不是我們從小所理解的人生觀。而是一種不犯法，又令自己獲得優勢的人生觀。

合法賺錢是否就等於有良心？

有很多人都以為，合法賺錢，例如做正當生意或買股票就能做到不得罪他人而令自己財富增加；其實這是不正確的。牛頓物質不變定律之一，就是有一樣東西增加，另一樣東西必然減少，即使那件東西被炸個稀巴爛也好，這件東西也只是變了很多微細的碎片而已，其物質或成份都不會被減少。做正當生意，也是賺取別人的金錢；而股票市場裡，如果你的股票有所斬獲的話，你也是令他人以更高的價錢來

換取你的股票而已。

有些人又會想，如果中六合彩就不是沒有侵佔任何人的財富而獲取金錢了吧？錯！中六合彩只是合法地奪去數十萬你不認識的市民的財富而已。你雖然沒有得罪任何人，但你獲得的金錢不是從天而降的，這就是牛頓物質不變定律的道理。

因此，你要得到成功或財富，就必然在另一邊有人在失敗或破財。

成功之道

有很多人成功之後都會被人訪問，大多數都會問成功之道是甚麼。很多成功的人，都不知道自己的成功的原因是甚麼，而硬想些成功的原因出來。於是，那些「勤有功，戲無益」、「作息定時」、「成功自古在嘗試」等似是而非的成功之道就走出來了。以上那些成功之道表面上可以成立，但想深一層卻發覺事實未必是這樣簡單：有很多人都很勤力，有很多人都是早睡早起，有很多人都不停的重複嘗試，但結果卻強差人意；大部份人都是照做，卻和成功半點都沾不上邊。

我想如果你是保險或電話的銷售員的話，你就對以上我所說的深有同感。如果你相信甚麼「成功就在不遠處，再試多一次就有機會

成功」的話，你可能一個月下來也沒有做得到多少生意，因為成功的真相並非這樣。如果你相信失敗次數越多，下一次成功機會就越高的話，你其實和一個爛賭的賭徒沒有分別。

賭徒謬論

在賭場之中，我們常看到那些不停的輸錢，又不停的加注的百家樂賭徒。「已經連開了七次莊，下一鋪一定會開閒的了。」怎知道下一鋪還是開莊；其實，無論之前開了多少次莊，下一鋪開莊及開閒的機會也還是一半一半；大部份的賭徒都有這個誤解，說了多少次也不相信，這就是在數學界上著名的「賭徒謬論」。

根據我的觀察所得，成功的人是會不斷的嘗試，但這個不是他們成功或致富的原因。他們成功的原因，是他們肯去不停嘗試新的東西，又或者用另一種手法去解決原來的問題。這點非常

「賭徒謬論」也可應用於建立人生觀。

重要；因為如果你用這個方法失敗了，你再用同樣的方法也有很大的機會再次失敗，但如果你用另外一個方法去處理或解決同樣問題的話，你就有可能成功。

如果你是保險銷售員的話，同樣的方法卻失敗多次，你就要檢討原因了。試想想，你是否在日常生活之中多次拒絕電話銷售或拍門拜訪cold call的銷售員？在我而言，我的心已經設定了自動掣，就好像預先調校好程式的電腦一樣，當遇到這些銷售員的時候，我會本能地拒絕；在我的印象之中，我幾乎沒有一次是因為這樣而答應購買銷售員的產品或服務的。

憑手段獲取某樣東西

至於早睡早起那些陳年舊語，我已經說過多次了，這些根本就和成功沒有多大關係。當然，我不是說早睡早起不對，你也無需刻意到日上三竿才起床，但我也不見得你早上五點起床就會成功；有很多晨運客，上了年紀的公公婆婆都是五點多就起床去行山，我也不見得他們會成功。

成功的人，總不會在被問及成功的原因時會說「我成功是靠不擇手段而得來的」。說了也不光采，對他們自己也沒有好處；不過，成功的人也未必一定是「不擇手段」那樣極端的，但成功的人是「有手段去得到某樣東西」就一定沒有錯。所以自古流傳下來的成功心得，

都是既動聽又有意義的説話；大家也沒有細心想想説話是否真的可信。

　　由此可見，成功的人生觀並不容易從成功的人口中得知，但我們可以從觀察之中得到結論；只要我們不要像小孩子那樣天真無邪，就自當會有所體會。

19「頓悟學習」
閃現智慧

人類是否每當遇到危急關頭的時候，就一定會想到方法逃出生天呢？

德國著名心理學家柯勒就以猩猩為對象，做了不同的實驗，或許當中能夠對我們有所啟發。

德國著名心理學家柯勒（Wolfgang　Kohler，1887-1967）做了一個非常有名的猩猩實驗，來看一看猩猩的行為是怎樣突然產生變化的。

他先將猩猩關在一個籠子之中，然後不給牠任何食物，待牠非常肚餓的時候，就將香蕉掛在籠子最頂端，再在籠子裡放一枝木棍及一個木箱。

成功與失敗的分野——頓悟

猩猩起初先是站立起來，卻觸摸不到籠頂的香蕉。牠很著急，開始嘗試用其他的方法去得到香蕉；於是，牠拿起木棍，企圖用木棍去勾香蕉下來，但不成功。牠很失望地蹲坐在地上，腦裡則不停的想著其他方法去得到香蕉。後來，牠突然明白了竅門，就是可以利用一直沒有留意的木箱。於是，牠拿起木箱，把它放在香蕉下面，然後牠站在箱子上，再拿起木棍一勾，香蕉就到手了。

過了數天，柯勒嘗試測驗猩猩別的本領。他將木棍移去，而換上一個小木箱。

猩猩起初也還是和以往一樣，將大木箱放在香蕉下面，然後站在木箱上，企圖跳起去拿香蕉；不過牠當然並沒有得逞，因為牠沒有木棍幫助自己。牠感到非常失望，開始在籠裡亂發脾氣，然後頹喪地坐下來。過了一段時間之後，牠忽然若有所悟，趕快拿起一直備受冷落的小木箱，將它拋在大木箱

德國心理學家柯勒

的上面，然後迅速爬到小箱子的上面拿取香蕉，這次牠成功了。

此後，柯勒還設定了不同的情景讓猩猩去解決難題。有趣的是，每次猩猩在一開始時未必想到解決問題的方法，但總是在後來突然之間想到，然後解決難題。

爆發點理論

這種行為，在心理學上稱之為「頓悟學習」（Insightful Learning），意思就是學習過程並不是循序漸進的，而是突如其來想到的；這種行為和我一向提出的「爆發點理論」（Tipping Point）非常相近；爆發點，是突如其來發生的，而「頓悟學習」，則是在一段時間之後都想不出解決問題的方法，而突然之間有一個和以前截然不同的想法。

從猩猩實驗中，心理學發現「頓悟學習」（Insightful Learning）的原理。

從猩猩實驗中，心理學發現「頓悟學習」（Insightful Learning）的原理。

頓悟學習並不是每個人都做得到。有些人窮了一生的精力，都想不出可以令自己突出的地方，因為他們根本沒有想過自己可以改變，而且身邊的客觀條件也不容易令他們改變——大部份的香港人都是這樣：工作繁忙，只想著如何做好本身的工作，收入穩定，根本不想轉變；雖說香港人思想已經比很多第三世界國家開放及有頭腦，但和歐洲人或美國人都有很大距離。香港人沒有那種「流浪者」的思想，即那些可以辭掉工作，放下一切，然後去外地流浪一年半載，體驗人生的思想；即使有也還是很少；我覺得抱有這種心態的人反而人生會成功得多。

危急關頭智慧暴升

頓悟學習也可能是環境迫成的。當你處於危急關頭時，你的腦筋會突然轉得很快，很多東西有可能在一剎那之間突然想通。前文所說的猩猩研究，第二部份就是了解猩猩是否會在危急關頭之中智慧突然暴升，結果是肯定的。

柯勒另一個研究，就是將另一隻猩猩關在籠內，然後在裡面放上一些棍子，再在籠外掛上香蕉。起初這頭猩猩只是拼命將前臂伸出籠外拿香蕉，結果當然是拿不到；可憐這頭猩猩折騰了一個多小時，到最後牠也放棄了，一動不動的坐在一旁。

這個時候，柯勒故意安排幾頭猩猩出現，當這幾頭猩猩慢慢接近籠邊時，籠裡面的這頭猩猩開始有反應了：牠為了不想讓別的猩猩搶了掛在籠外的香蕉，突然懂得利用籠裡面的棍子，將籠外的香蕉拿走；這個就是在危急關頭頓悟學習的結果。

　　我們做人也是一樣，有些東西是要迫出來的。當我們無法可想時，不妨將自己放在一個危急的境地之中，自自然然就會有好的表現，又或者想到一些新的方法。

　　成功頓悟，除了可以令你解決即時的問題之外，最重要的，是你的看法已經不同，你可以舉一反三，在將來解決一些類似的問題，所以頓悟對成功有著決定性的影響。

20 布里丹毛驢效應

布里丹是一位很偉大的哲學家，不知道你有沒有聽過他的名字？

如果你沒有聽過他的名字的話，不要緊；但你一定要知道他曾經在無意之中創造了一個兩難的局面給家裡的一頭小驢，而創造了「布里丹毛驢效應」。

　　有些人做事很多顧慮，即使萬事俱備，也還是想著一些不著邊際的東西而說自己「不行」、「還未到時候」。在心理學上，這種現象稱之為「布里丹毛驢效應」。

做事切忌猶疑不決

　　法國哲學家布里丹在家中養了一頭小驢。每天他都會到附近的農

場買些草來餵飼牠。

　　由於這位哲學家非常出名，所以附近的農民都很仰慕他。有一天，一個農民由於在農場裡收割的草太多了，於是他就自行拿了一些草過來布里丹的家中，並將這些草平均分配，放在小驢的兩邊。

　　農夫的本意是好，他原本是想這頭小驢多吃一些的。可是，這下子卻難倒小驢了，面對距離一樣，份量一樣的兩堆禾草，牠竟然猶疑不決，不能下定主意去吃那一堆才好。外表看來，兩邊的草同樣充滿光澤；結果，牠就這樣左看看、右看看的情況下，就這樣活生生餓死了。

做事猶疑不決的人，宜認識「布里丹毛驢效應」。

「先救妻子？還是救兒子？」

另外一個我們常聽的故事就是，有一個男人行至河邊，看到有兩個人在河中遇溺，一個是該男人的妻子，一個是該男人的兒子，你認為他應該先救哪一個？

有人說，當然救妻子，因為兒子死了，妻子可以幫你再生另外一個；又有些人說，應該救兒子，因為兒子剛剛才是人生的開始，他還有權利去享受這個世界；我們常對此問題爭論不休，也沒有特定的答案。

而事實上，大部份人都只聽了這個故事的一半。故事的後一半是，有記者特地去訪問這個男人，詢問他當時的看法如何，以及為甚麼他會有這樣的想法。

這個男人答道：「我當時是先救妻子。因為妻子離我比較近，我想著先救妻子然後再救兒子；沒想到救了妻子上岸之後，兒子卻被河水沖走了，從此之後也沒有辦法尋回。」

幸好他在那個時候當機立斷，只簡單的從「那個離我最近，我就救那一個」的想法去做決定，否則可能再想多一下，兩個都被河水沖走，兩個都沒有辦法救回。

我們做人有時真不應顧慮太多。當然，有些事情也是需要經過詳細考慮的，但如果詳細得過分的話，到最後也會不能成事，很多事情就不會成功了。

不要令自己陷於兩難局面

回想最初接觸記憶術的時候，我沒有想多久就決定寫書。在寫書的過程之中，我也沒有太過詳細考慮要怎樣寫；總之，我想做一樣東西，就自自然然去做，期間也沒有太多的考慮，更別說顧慮了；而到後來舉辦記憶術的課程，我也沒有想過我是否應付得來的問題，我只是對自己充滿信心。

我有很多朋友卻不是如此。他們做每一件事情前都要經過深思熟慮，而在深思熟慮之後卻覺得自己還有一點點改善的地方；就這一點點的問題，他們又會放棄全部，重新考慮是否可行。

還記得我在較早前說過直覺的重要性嗎？我有一個經驗和大家分享，就是選擇了一樣東西之後，除非有很特別的理由，否則在一般情況之下就不要改變主意。因為據我觀察及研究所得，第一個印象通常都是最深刻的印象，即使你在往後的時間有更多的選擇都好，你到最後有很大機會覺得還是第一個選擇比較好。

吞吞吐吐沒有性格

做人最忌想這想那，然後又下不了決定，我很怕和這類型的人相處。在台灣一個著名的節目之中，一位女星分享了她對男人的看法；她說，她最怕男人忌這忌那，甚麼都沒有所謂，這樣顯得沒有性格，個人也沒有主見；表面看來，這種男人是一個好人，應該會有很多女

孩子喜歡才對，誰不知剛剛相反。這位女星道：「我問約會之中的男孩子去吃甚麼時，我寧願聽到『我想去吃雲吞麵』總好過聽到『甚麼都沒所謂』。

我最怕聽到男人說『甚麼都沒有所謂』，我是女孩子呀，女孩子總會欣賞有主見的男人，那些說甚麼都沒有所謂的男人，其實最不知所謂，這種男人不單只完全給不到安全感給女孩子，還會令人有一種煩厭的感覺。」

她繼續道：「想去吃雲吞麵就說出來好了。我當時就想：『好呀！為甚麼不好？』多麼令人舒服；當然，那些優柔寡斷，又難於相處的女孩子又當別論。」

說得真好呢！

怎樣避免布里丹毛驢效應？

1.掌握人生中最重要的價值排序

我們的一生，都有不同的目標要完成。而這些理念都有輕重之分：有人覺得家庭重要，有人覺得事業重要，有人覺得感情重要。無論你覺得哪一樣重要都好，你要有一個很清晰的概念，才可以在人生之中作出重要的決定。有些人性格比較好動，喜歡流浪，如果他在一間大機構工作，每天的工作都是固定沉悶的話，他一生都會不快樂，也會浪費了人生的時間。不過，他也可能因為種種問題及原因，而遲

遲不作出決定，繼續留在這間公司工作，但他完全沒有按照自己的生活方式或理念去生活，所以大半生都不開心。

我有一個客人，他正是這類型的人。他喜歡跳舞、喜歡交際、喜歡在舞台上表演。他在公餘的時間之中，差不多一有時間就會籌辦這類型的活動，而且搞得有聲有色；我也有看過他的表演，他完完全全是一個屬於舞台的人。可是，他的工作是一個跟單文員，而且已經做了超過15年，工作既沉悶及不能發揮他的所長。我問他是甚麼原因導致他不轉換工作，做一些他喜歡的事情，例如舞蹈員等，他道：「我現時日間的工作非常穩定，雖然自己做得不開心，但每個月的月尾總可以拿到一份固定的薪水，如果我轉變了，我有很多問題要考慮，一時擔心這些，一時擔心那些，就這樣一想就想了十多年了。」其實這正是很多人的心態。

既然做得不開心，為甚麼不找一些自己喜歡的工作呢？我看不到一個跟單文員的薪金高得足以令他放棄他的理念，這就是人生最重要的價值沒有好好排序的例子。

2.常聽自己的聲音，做一個有主見的人

有很多人都會沒有自己的主見，一時聽這個朋友的意見，一時又聽那個朋友的意見，兩邊都好像有點道理，而令自己停滯不前，不敢

再進一步;其實,沒有一樣東西是可以獲得所有人都認同的,我們應當有自己的主見,根據當時的情況而作出自己的分析,而朋友的意見只能作為一個參考;沒有主見的人是最可怕的,因為他們很善變,立場常常左搖右擺,導致身邊的人也難適應。

最重要是自己認為值得做的事情就去做;過後即使錯了,也當是一個經驗,在執行的過程之中也會有所得著的。我常說除非是殺人放火,否則事情錯一次是絕對可以原諒的;人誰無錯?其實成功就是從無數的錯誤之中糾正過來,如果沒有錯過的話,基本上只是做回以前的人所做過的事情而已,絕對不會使你成功。

3.學習模擬不同狀況的決策

在不同的情況,我們都會有不同的對策。平日多想,到真正實行的時候自然會得心應手得多。如果平日沒有預備的話,到真正發生的時候就會不知所措,遲遲未能作出決定,而到後來只會白白看著機會失去。例如消防員救火,總不會到真正有火災時才會想出救火的辦法吧,他們都是在平日練習足夠,在真正發生火警時就可以因應不同的情況而思考對策。

期望大家能夠透過以上的方法,去避免布里丹毛驢效應所帶來的影響。

21 平常心的
致勝秘密

卡爾基老太太已經 90 歲了。有一天，一個法律公證人來找她，說要定期每個月給她 250 法郎的養老金；她莫明奇妙，正所謂「禮下於人，必有所求」，於是她馬上問明原因。

事情果然如她所料，這位法律證人道：「我是有交換條件的。交換條件就是我要你答應死後將你現在所住的房子送給我。」卡爾基老太太答應了。

當時這位法律公證人心想，我現時只是46歲，你已經90歲了；最多10年的時間，這幢房子就一定屬於我了。

貪心的法律公證人天天等著收到卡爾基老太太的死訊，但她一直健康良好，甚麼毛病也沒有；而相反地，這位法律公證人的健康卻每況愈下，終於在31年之後，他先離開了人世，享年77歲。他先後付出

的養老金，到最後高出原本的房子4倍有多。

卡爾基老太太最後活到122歲才安詳離世，成為世界健力士紀錄大全之中最長壽的女人。

越在意越得不到

人越貪心，越在意得到想要的東西，就越得不到；結果往往是令人失望的。

平常心，就是無論事情發展得怎麼樣，只要你盡了力的話，就不要去計較；成功固然歡喜；但失敗了也是一樣，這樣你的人生就會快樂得多。你越追求，越有心計，就越得不到你想要的東西；反而懷著一顆真誠的平常心，有很多東西都會無意之中得到。

這個道理「知易行難」。我看過很多人，都是因為太過計較得失而令到自己非常的不開心。

「咖啡拉花比賽」的經歷

我在網上認識一個朋友，他是很喜歡咖啡的。他最厲害的強項就是拉花，所以有一年，他就去參加咖啡拉花大賽；由於是第一年參加，所以很多參賽細節都不很清楚，其中有一項就是時間的限制。

大會規定，每一位參賽者都有40分鐘的時間去沖泡四杯意大利拉花咖啡。他由於是一個非常追求完美的人，所以在這次的比賽當中，他沖了四杯咖啡出來，自己不太滿意，於是就倒掉了，之後又再沖另外四杯；接著他還是不滿意，於是又再倒掉然後由頭做起；就這樣，他比別人用多了時間，到最後要超時10分鐘。

不消說，他在這次比賽當中三甲不入。因為他超時的關係，被評判扣了很多分；他因為這個成績而很不開心，心裡常常記掛著，很是介意；儘管別人怎樣安慰他也沒有用處。

其實，比賽失敗了是一個事實，我們已經無法改變；我們可以改變的，只是自己的想法。如果這位朋友有著一顆平常心的話，他的心情就很快會平復過來，而不會因為此事而影響心情，影響工作。

凡事不要看表面

我常說凡事不要只看表面。其實他在這次比賽當中，結識了不少志同道合的朋友，而且也獲得了實戰經驗，這些都不是在平日的生活當中所能得到的東西。錯一次其實不需要怪責自己，只要不再錯就可以了。其實他的拉花功夫做得十分好，在實力上絕不輸給別人；這次的失敗，只是在時間控制方面做得不好罷了。我敢說，他要是明年留意時間上的控制，他必能名列三甲的。

原諒別人，自己就會有所得著

有時平常心會為你帶來意想不到的收獲。

我有一個女客人張小姐，她有一位感情很要好的丈夫。結了婚10多年，有一對女兒，大的也有9歲了。

可能是結婚多年所以感情歸於平淡吧，她有一天在無意之中發現丈夫在出面有外遇，為此她非常生氣而走來找我為她批命。

依星盤看，她離婚機會不大，她和這個丈夫緣份很深，而且也清楚看出她的丈夫還是愛她的。

我問她是否還愛她的丈夫？她說是，而且很不捨得。然後我問她丈夫是否已經知錯？她也說是，她的丈夫已經答應了她和對方一刀兩斷，於是我對她說：「做人最重要的，是有一顆平常心。發生了感情上的變化是一個事實，你也無法改變；現在最重要的，是你的丈夫是否有決心改過，及你是否仍然愛他；如果兩個答案都是肯定的話，你就應該不提舊事，重新開始過新的生活。」

她其實也知道應該是這樣做才正確，但是她的心裡仍然有刺，刺得她很不舒服。我覺得心情及看法是可以改變的，如果還要繼續，就應當將過去隻字不提，免得成為兩個人吵架的原因。

及後我又到她的家裡為她看風水，幫她佈了一個「夫妻和合局」及「破桃花局」，然後叫她跟著我的說話去做；她雖然老大不願意，

但最後還是照我的説話去做。

　　數年之後，她又來找我了，但這次不是問感情問題，而是問流年運程。除了詢問來年有甚麼地方特別要注意之外，她還特意來道謝我！

　　她説，如果當天不是我開解過她的話，她極有可能在那個時候因為想不開而和她的丈夫離婚。如果她在當天離婚的話，就不會有以下快樂的日子；原來，她的丈夫真的知錯了，也承諾她以後不會再找那個第三者，她最後原諒了他，懷著平常心來寬恕他；自此之後，她和丈夫都過著快樂的生活，而她的丈夫對待她的態度也明顯比以往好得多，可能她的丈夫覺得很對不起太太吧。

　　所以，做人要有平常心，得失不要看得太重；發生了的事情不能改變，我們就要盡快忘記，投入另一次的挑戰！

22 Why Not 的 神奇效果

在某一次的週年聚會之中，一群員工見到公司的總裁，於是便嚷著要和他來一張合照。

誰知道總裁面色一沉，大聲問道：「Why?」

員工們都冷不防總裁會有如此反應，大家都只是你眼望我眼，不知道怎樣應付這個場面才好。

總裁在沉默了一會才說：「大家誤會了，我的話還未說完，我是想說 Why not?」

大家才知道總裁是故意和大家開了一個玩笑，於是大家也開始輕鬆起來。

感覺對人類的重要性

50年代的美國科學家做了一個實驗，就是測試感覺對人類的重要性。他們找來一批大學生，將他們困在一個甚麼東西也沒有、一片漆黑的房間中；他們分別單獨囚禁於這個完全沒有和外界刺激的房間之中，即使吃東西，大小二便也只是在房間解決。而這批學生每天會有20美元的薪水，在50年代的美國已經算是一個不錯的數字了。

甚麼都不用做的工作真的是如此輕鬆嗎？

這批學生在開始的時候都因為找到了這份優薪工作而高興。有甚麼好過甚麼也不做就可以賺取人工？他們甚麼也不用做，只是躺在床上和嚴禁對外界有任何的聯繫。

可是時間一久，大概過了一、兩天吧，他們開始發覺心情不太好。他們開始不知道是白天還是黑夜，睡覺又睡得不好，繼而焦燥不安；有些人開始發脾氣。而受試者被關進房間半天、一天、兩天之後，又被要求作一些非常簡單的算術、猜謎遊戲等去測試他們腦部的活動能力。研究發現，他們被隔離的時間越長，大腦的運作能力就越差，而且情緒也非常波動，不能集中；有些甚至乎出現幻覺。

過了數天之後，他們被帶回到現實生活當中。有些人在開始時不能適應，不知道是在夢裡還是回到現實世界，要待過一段時間之後才能平復心理狀態。

以上的實驗，可以告訴我們感覺的重要性。

人的大腦會有「自動波」

在日常生活當中，我們當然沒有機會好像這些受試者一樣，被受到長期隔離；但如果我們做同一樣東西做得太久的話，對那種機遇的觸覺就會自然失去，因為時間一久，我們就會對該事情麻木，例如做了多年的工作。

我們在不知不覺間在腦中已經開了「自動波」，差不多九成以上的事情都是利用本能的反應作出解決。例如一個打字文員，如果他長時間都是做同一樣的工作的話，他就有可能會魂遊太虛，一方面他的肉體在打字，但另一方面他可能已經發白日夢，心裡想著別的事情。數十年過去了，他可能都是和數十年前一樣，運勢沒有太大的變化。

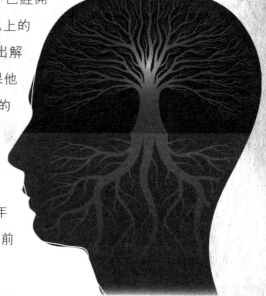

50年代的美國科學家做了一個實驗，測試感覺對人類的重要性。

人的慣性傾向於穩定。要改變運勢，我們就有必要在後天加上「Why Not」的想法。

像前文提到的總裁，他和他的下屬開了一個玩笑；而這個故事，是一個客人黃小姐告訴我的。她說想不到總裁會有此一著，但覺得這句「Why Not」給她一個很大的啟發，認為凡事都想著「為甚麼不可以」的時候，她覺得人生看到的東西會有所不同；因為很多東西她都願意作出嘗試，她的人生經歷也豐富了不少，此話甚確。

每事「Why Not」改變際遇

「Why Not」就是對新的事情肯去嘗試的意思，由於對事物的抗拒，我們對很多新東西都會用既有的想法去定位，而決定事情是否應該這樣做；有時候，我們會覺得「事情應該是這樣子的」，如果我們定了框架的話，有很多事情的發展就會根據既定模式進行，而沒有任何驚喜。但如果我們有新的想法，或聽到新的想法，而問自己「Why Not」的時候，事情就可能有了出乎意料之外的變化。

在我舉辦的「思想改變運氣」課程之中，座椅的設定都是比較傳統，一排橫向分數行而坐。而在其中一次的課程之中，就有學員提出圍圈的坐法。換轉是別的傳統老師，可能覺得這樣坐很不正規，教學也很有困難；但我沒有這樣想過，反而大聲對那位學員說：「Why Not?」

就這樣，我們馬上改變座椅的位置，大家圍圈而坐，而氣氛也沒有那麼嚴肅；而當天的課程大家都很投入地參與，這樣的「圍圈坐」方式得到很好的效果。在課後評估表當中，除了盛讚我的課程之外，也特別提及圍圈坐的氣氛很好。自此之後，我的「思想改變運氣」課程都用圍圈坐的方式授課。

除此之外，我有很多轉變都是由「 Why Not 」的想法衍生而來的。

我做了很多玄學家也沒有做過的事情：例如舉辦記憶術課程、寫思想改變運氣系列的書籍、寫Blog、寫散文，都是當初腦中閃過的一絲念頭，而覺得「為甚麼不能夠這樣做？」而開始的。

所以，在下次看到新的東西，或心中有新的想法時，不要一開始就說「不能夠」，而應該對自己說：「Why Not」！

23 No big deal 的 生活哲學

隨著九型人格興起，很多人都很感興趣，也急於想知道自己是何類型格的人。

在九個型格的人當中，二型的人（即我們俗稱的二號仔）性格溫柔，常顧及別人感受；只要別人有一些很微少的事情受挫，他們會因為別人發生這些事情而覺得不開心；而且他們也太過樂於助人，所以很多時候他們都會做很多事情幫人，而且和自己無關。

這種人其實是很痛苦的。

有很多人都會為一些小事情而緊張不已，令自己承受無形的壓力。像剛才所提及的二號仔，二型人格的人往往太過顧及別人的感受，而將別人的情緒帶到自己身上，弄致自己常常感到不開心；而且，他們也會常常幫助別人，總覺得自己是上天派下來的天使，以幫

助別人為己任；別人有要求，他們都會盡力完成，如果做不到，他們就會因為幫助不到別人而常常記掛在心裡。

力有不逮莫要強行幫助別人

能力所及，能夠幫助別人當然是好事。因為我們就是「你幫我，我幫你」，所以我常說人緣運是非常重要的；但如果有一些事情可能要勞心勞力才可以完成，而又令自己陷於不利的境地之下，又或者自己根本力有不逮，而強行付出過多的精力及時間去幫助別人的話，我覺得是不值得的。

在美國著名的電視劇「Prison Break（逃）」當中，男主角Michael就是典型的二型性格的人。他常常想著幫人，太過介意身邊所有的人的想法，他期望身邊每個人都認同他的想法，而且身邊的人如果開口需要他幫忙的話，他也一定會盡力做到；即使幫助別人會令自己陷於水深火熱之中，他也會在所不惜；他在朋友的眼中是一個不可多得的好朋友，但因為他這種太過樂於助人的性格，而受到對頭人的控制及利用。

這部電影是講述他協助他的哥哥逃獄的經過。在片中有一幕，他和哥哥已經逃離監獄，大可以一走了之；但他因為知道還有在獄中結識的朋友還在監獄之中，即使多麼危險也好，他都決定留下來幫助他的朋友逃出生天；這種「不為自己，只為別人」的做法，其實是很不智的。

每事都上心，就會不開心

即使你不是二型性格的人都好，你在人生之中也多多少少經歷過這樣的事情，為朋友的事情而過份憂心及太過顧及別人的感受。

我不是說責任感不重要，而是想說如果你對每件事情都很著緊的話，你的心裡就會常有記掛，你的心情也一定不會好到那裡去。

有些人總覺得很多事情都是很重要的，有些人力求完美，總要所有的事情都沒有出錯，其實這是不可能的；我們極其量只能將事情盡力做好，而不可以令事情百分之一百正確及令人滿意。

得到別人的認同是這樣子，在工作上的運作也是如此：「只要是人，就一定有錯。」這是一個大機構的主管對我說的。他說他的客戶總要求出產的產品百分之一百可以運作，但在他的觀點看來，沒有一個人是完全不犯錯的。即使出錯了，他也不覺得是甚麼大不了的事情；能夠擁有這樣的人生觀及生活態度，做人會輕鬆很多。

「There is no big deal」是一個很好的生活哲學。這個世上，真的是沒有甚麼事情是大不了的，別人的感受也要顧及，但只宜適可而止；有些事情並不是自己能力範圍做得到的，也就不要太過放在心上；做的事情錯了，能補救的就去補救，不能補救的，就想著下次怎樣做得更好，而不是耿耿於懷，常常記掛在心上。

24 成為第一的代價

「志雲飯局」之中劉德華先生的訪問,提到「第一的定義」,我覺得很有道理。劉德華說:「我們在表示第一的時候,通常都是舉起拇指。但如果想深一層,將所有手指都張開的話,拇指永遠是最短的;而當我們將手指平放的時候,拇指也一定是在最後的。」他頓了一頓,然後道:「那麼,怎樣才稱得上第一?當大家都需要你的時候,你就是第一。」此話甚確。

進取,不一定要第一

有很多人都很上進,事事都力求第一,無論在學業、工作或和身邊的人相處都好,永遠都要爭第一;做第一是否真的是這麼重要呢?

我身邊有些朋友,永遠都想做第一,可能這個和香港人的性格「

執輸行頭，慘過敗家」吧，他們總想著甚麼事情都要自己話事，以為做第一就一定是最好的。

第一未必一定是好

可是，他們從來沒有想過，做了第一之後會再追求甚麼。第一已經是最好，最頂級的了，得到了第一之後，唯一可以再追求的就是永遠保持第一。

不過，世上並沒有十全十美的事情，而他們也永遠不可能永遠保持第一。永遠不能保持第一的結果，就是要承受失敗所帶來的痛苦。

永遠想做第一背後的另一個不良後果，就是有自以為是的性格，和很難從別人之中幫助自己進步。

甚麼都以為自己知道是致命傷

我多年前有一個學生，他是跟我學習風水的，他就是這類型的人；他在未跟隨我學習之前，就已經想做第一，甚麼都覺得自己是最好的；當我問他為甚麼跟我學習風水時，他又説想在風水之中得到進步。於是我開始教他，由最基礎的理論開始，到排星，到斷事。

在我教授的過程之中，他有很多東西都説已經知道，不必再重覆；我當時就覺得很奇怪，為甚麼他這麼多東西都知道還要找人學習

風水。

當我完成了部份課程之後，我就試著問他一些風水上的問題，看看他有否理解，和是否真的明白。可是他完全不知道答案，證明他根本未曾懂得我剛剛教過他的東西，而他以前也只是自以為懂得風水而已。

到這時我才明白，是他自己甚麼都要以為自己知道，甚麼都認第一的性格害了他。因為他抱有這樣的心態，潛意識之中已經沒有心機去學新的東西：因為他對每一樣新的知識都以為自己知道，也覺得自己無需要學習。抱有學習的心態是很重要的。我們無需要過份謙卑，說自己甚麼都不懂，但當我們看到一些新的事物時，也要有學習的心態去了解才行，真的明白才再跳去下一步，遇到有不明白的事情就要不恥下問。

以上的是「不是第一卻以為自己是第一」的例子，我再舉一個「甚麼都要第一」的例子給大家分享，好讓大家明白甚麼都要爭做第一的痛苦。

成為第一，惡夢之始

我有一個記憶術的學生，在上我的課堂之中，他終日都是愁眉深鎖，好像很煩惱的樣子。我看得出他不是單就某件事情不開心，而是

他有一個很大的心結，不能解開，於是我問他整天不開心的原因，他果然道：「我是一個對讀書成績很緊張的人，從小到大，我都是考第一，從來沒有得過第二；但今年不知道為甚麼，成績退步了很多。」

於是我問他成績退步到何種程度。他道：「我在今年的期考裡得了第二，我的父母因此而痛罵我；我沒有責怪他們，只是終日想著為甚麼我會在這次考試之中只得一個第二。」我真的不知道怎樣安慰他。

換了是別人，得了第二已經很歡喜了，而我這位學生卻覺得是一件很嚴重的事情！

第一已經是好得無可再好的事情，在開始的時候，你可能還會覺得很開心，但時間一久，當你適應了之後，壓力就隨之而來。因為你要竭力保持著第一的地位，而本來值得高興的事情，反倒成了你的負累。

要成為第一，其實是要付出代價的；我們應當摒棄永遠要做第一的想法，而改為向自己交代就可以了。

25 「追逐日光」的意義

身患絕症的際遇耳鼻喉專科同時來了兩位病人，他們都是來看自己的驗身報告。在等候期間，甲說，如果他真的患了不治之症的話，他就一定會去旅行，去自己想去的地方，吃自己想吃的東西；乙也深有同感，他說如果不幸他也患了不治之症的話，他也會這樣做。

報告出來了，醫生告訴甲所患的是末期鼻咽癌，只有三個月的壽命，著他回家好好籌備一下；而醫生告訴乙說他的健康完全沒有問題。

甲當然很不開心，但他並沒有因此而自暴自棄，他開始列出了他的生命之中「非做不可的事情」清單……

每天都當作還有三個月壽命

　　甲開始認真想想他生命之中一定要完成的事情。他要旅行，要吃一頓最好的日本菜，要探望遠在美國讀書的兩個兒子，要和一些多年沒見的朋友聚舊，看數本一直以來都想看的書。在從前，這些事情他覺得沒有急切性去做，所以雖然重要，但他一直以來都沒有做過。

　　在接著的三個月之中，他覺得這是他人生過得最有意義的，甚至乎是生命之中過得最開心及最忙碌的三個月；在他臨終前，他打電話給乙，想著和他分享自己這三個月以來的經歷，也順道問問乙有沒有去旅行。乙默不作聲，因為在過去的三個月之中，乙都只是忙碌地工作，根本無暇抽出時間去旅行，去做自己喜歡做的事情。

　　甲覺得生命之中沒有遺憾，在最後安詳地去世。

如果只有三個月的壽命，你會做甚麼

　　在前文中的甲，在三個月之中做了他多年想做但沒有做的事情，是因為他知道自己時日無多，如果不去做的話就永遠都沒有機會去完成了，所以才積極地計劃起來。我們大部份人都和乙一樣，在生命之中有很多東西我們都想去完成，可是，由於我們沒有特別的原動力，導致我們都沒有法子去完成其中一樣的事情。

　　試想想，如果我們真的只有三個月壽命的話，我們會做甚麼？見

一些久未見面的朋友？吃一些自己一直很想去吃的特色菜？還是將一些感想用紙筆記下來，給自己的兒女保存？

　　每個人都有不同的想法。無論我們有任何想法都好，我們都應該把握現在，趁自己還有能力的時候去完成還未了結的心願；你會發覺，人生會精彩很多。

　　「不去完成自己理念的人就沒法成就完美的人生」這句話一點也沒有錯。香港人生活忙碌，只顧工作，有很多時候我們都會以「工作事忙」為籍口，錯過了很多自己很想去做的事情。我有一個朋友，他一直想去英國旅行，過一個月的流浪生活，不過由於他工作事忙，久未成事；後來在一次突然的交通意外，他需要切斷雙腳，因此他一生也再沒有機會去完成自己的心願，他為此感到很後悔，一生都不能原諒自己。

　　我在之前的作品也有說過，做人要「活在當下」，每天都要細意享受，默默感恩，不要因為工作而忘了生命的價值。可能有一天，當你發覺時間是過得這樣快而開始醒覺時，可能已經太遲了。

生存的意義

　　要說身患絕症的人怎樣珍惜生命，好好計劃餘下的日子，就不得不提「追逐日光」的作者尤金・歐凱利（Eugene's Kelly）了；這

本書我看了三次，每次都令我內心澎湃，久久未能平復過來；也令我深深明白一個人的生存真正意義。

尤金 • 歐凱利是美國四大會計師事務所之一的KPMG會計師樓總裁；他已婚，育有兩女。他在 2005年5月24日，因為右臉頰麻痺到醫院檢查，發覺自己患了末期腦癌，醫生估計他只有3個月至6個月的壽命。他馬上辭去KPMG總裁兼執行長的職位，將餘下的生命去做他最想做的事情；最後他於3個月後辭世，享年53歲。

他在知道自己患了不治之症之後，並沒有覺得不開心，反而覺得這是「上天賜給他最好的禮物」。他開始規劃餘下的生命要做甚麼事情——因為53歲對他而言，正是人生之中最輝煌的時期；他的事業如日中天，本來在往後的日子之中他應該活得很精彩，但一個無情的不治之症將他的人生計劃打亂；所以他必需改變人生計劃，拿出在高爾夫球場上為了那多一點的打球時間而追逐日光的心情，好好把握他時日無多的生命。而這本書，可以說是他臨終前三個月的人生旅程紀錄。

我看了這本書之後深受感動。他說這個不治之症是「上天給他最好的禮物」，我很欽佩他對死亡的看法；他並沒有陣腳大亂，反而冷靜地去分析餘下的日子怎樣渡過；他的其中一個計劃，就是要寫「追逐日光」這本書，也因此我有這份幸運去拜讀他的大作，各位讀者如有時間的話，我誠意推薦你也看一看這本書，一定會獲益良多。

　　在我拜讀了他的大作之後，我對生命重新定義；我之前也有「活在當下」的概念，但這次我的感受更深，讓我更能明白生命的價值，後來的「記憶創造成就」及「思想改變運氣」課程，也是在基於這個理念之下完成的。

　　期望大家在看到這篇文章之後，也可以建立「每天都認為自己只得三個月壽命」的想法，再想一想你有甚麼事情想做；你會發覺人生會過得有意義得多！

　　我以最大的誠意將這篇文章獻給「追逐日光」的作者，尤金•歐凱利先生。

26 任性決定
後果堪憂

我有一個朋友，她的家只有 300 呎。

她原本已經在家裡養了一隻大狗，某一天，她經過寵物店時，看到一對很可愛的臘腸狗。儘管丈夫及朋友一致反對她買下來，到最後她還是經不起店主的游説，將兩隻臘腸狗帶回家中。

你能想像得到往後發生的事情嗎？

這個朋友喜歡狗隻是主觀的願望，她卻沒有分析客觀的環境是否容許她在家中養三條狗。

當時她的丈夫已經對她説：「我們的家只得300呎，住兩個人也還不夠，還要養三隻狗？你有沒有想過怎樣養牠們？」

這位朋友很不以為然。她為了要確定自己的想法是正確的，於是

打電話給她表姐，期望她表姐會附和她。

她表姐持的見解和她的丈夫相同，極力反對。

到最後，雖然她問過很多朋友，而朋友都全部都持相反的意見，但她還是一意孤行，把這對小狗買下來。

不用我多說，大家都可以想像得到後果是怎樣。她根本就不是一個懂得照顧別人的人，自己的家環境混亂得可以，而這一對小狗來到之後更加變得一團糟。

衝動的後遺症

在開首的一個月裡，由於新鮮感作祟，她還可以勉強應付。但到一個月之後，新鮮感沒有了，她已經沒有心機再照顧牠們，任由牠們隨處大小二便，令到本來混亂的家變得更混亂。由於丈夫是直接受害人，她和丈夫也時常因為這個問題而吵架，沒有人願意擔起照顧牠們的責任；而由於他們都不是馴狗師，小狗們也當然沒有受到適當的訓練，每天就是吠叫，鄰居也時常投訴。

在這時，狗隻已經買下來，不可退回。她無奈地繼續供養，而小狗也日漸長大，變成大狗了。兩頭大狗，再加上原來那一隻，即是三頭大狗，根本就沒有活動的空間，非常鬱悶。

香港根本就不是一個養狗的好地方，不似外國，有著數以千呎計

的後花園供狗隻玩耍及活動，在300呎的地方，住著三頭大狗及兩個大人的擠迫情況可想而知。

這件事件的成因，全因為我這個朋友任性妄為，沒有想過後果而作出決定。

學懂分析形勢

人總是主觀的。即使你多客觀也好，你的心裡也會有自己的想法。這些想法是錯是對，誰也不知道；所以這時候就要好好分析一下形勢，和聽聽別人怎麼說。

在這件事情之中，如果想深一層，就會了解到「300呎不可能同時住著三頭大狗和兩個大人」的。而我這個朋友也素知自己不是細心，精於照顧別人的人，所以如果她有自知之明，即使心裡多喜歡那隻小狗也好，也不會隨便就買下這兩頭小狗了。

我們在分析事情形勢時，不妨多拿一些比較客觀的資料，例如數據來參考一下，切不可用「我覺得」這些條件來分析事情。因為用「我覺得」這些條件來分析事情會比較主觀，而過後自己也可能說不出為甚麼自己會有這樣的想法，只是「我覺得是這樣就是這樣」，完全沒有說服力。

不顧後果的下場，就是要自己承擔後果。很多人做任何事情都不

成功，就是因為他們做決定時通常都不顧後果，一意孤行，結果當然是失敗的。

任性妄為只會承擔惡果

客人J小姐就是這一類型的人。她崇尚自由，卻歪曲了自由的定義；她是那種想做就去做的人。

在她18歲的時候結識了一個比她大20年的男人。相識只不過是3個月，她就和那個男人結婚；結婚之後，她和丈夫生了一個兒子。不過，始終兩個的年紀差距太大，到後來由於性格不合，她在兩年之後就和丈夫分開了，這年她21歲。

過了一年，她在網上結識了另一個男人，這個男人對她千依百順，令她沐浴在愛河之中；不過，他有一個缺點，就是他喜歡酗酒。每隔一段時間，他就會在酒後亂發脾氣，將她毒打一頓。

雖然如此，她還是很愛他，覺得這個世上沒有男人會比他更好了；於是在不顧後果的大前題下，兩年之後又和這個男人結婚了；在一年之後，她生了第二個同母異父的女兒。

婚後這個男人不單只沒有戒酒，還變本加厲，差不多每晚都飲到爛醉才回家；這個男人不務正業，經濟上存在著極大的困難。就這樣過了3年，她終於也因為受不了他的行為而和這個第二任丈夫分開

了；這年她28歲。

她來到我寫字樓找我算紫微斗數的時候，她45歲。

她對過往的行為懷悔不已。她道：「我到現在還是單身，因為很多男人都嫌棄我有兩個孩子，他們都不想背著這兩個包袱。我很後悔早年這麼任性，覺得自由是最可貴的；也因此，我想到甚麼就會做甚麼；和第二任丈夫分開之後，才發覺自己一無所有，卻多了兩個孩子；我甚麼自由都沒有了，每天只能上班，下班後也得馬上回家，生活完全沒有自由。更糟糕的，是我的兩個孩子因為得不到適當的教導，所以在學校成績甚差，一無是處；我覺得自己枉為人母；我現在很害怕，不知道在老年的時候會怎麼樣。」

J小姐就是因為任性，不顧後果，以致在餘下的日子中也要承擔著早年種下來的惡果。其實她的遭遇，很值得我們同情。不過更重要的，是我們應引以為鑑，做任何決定或事情之前一定要顧及後果。

27 掌握 學習的方式

要成功，就一定要學習。

不知道大家心目中認為的學習方式是怎樣的呢？老師講，自己聽？還是另有見解？

　　在一次無意的咖啡旅程之中，我了解到學習的最有效方法，也令我突然想通了很多東西。

　　熟悉我的朋友及客人都知道，我最喜歡喝咖啡，每天都最少來上四、五杯。有人說咖啡傷身，我卻不覺得怎麼樣，可以提神，又有寫作靈感。

成功有賴啟蒙老師

最近因為機緣巧合，無意中看上了一部手動咖啡機，在銷售員的慫恿下，就將它買了下來。

而自動咖啡機和手動咖啡機的主要分別是：自動咖啡機只要一按掣就有咖啡可以喝，而手動咖啡機則要自己參與整個操作過程；由磨咖啡豆開始，到最後沖煮的過程，全部都要自己一手一腳泡製。

當我買下了這部咖啡機之後，問題就來了；無論我用任何方法都好，也做不出一杯像樣的Espresso（意大利特濃咖啡）。

我在網上找了很多資料，也有上過很多的討論區。在這個過程之中，我學到了很多有用的咖啡知識；可是無論我怎樣努力都好，我都沒有辦法重現當天在我購買咖啡機時那位銷售員所煮的那杯完美的咖啡。

就這樣過了三個星期，我還是一籌莫展。在無計可施之下，我唯有向銷售員求救。難得銷售員答應了我的要求，到我的寫字樓教我怎樣使用這部咖啡機；更難得的，是她帶同了參加過咖啡拉花比賽的朋友上來。

這位朋友當時並沒有即時示範怎樣沖煮一杯咖啡，他只是著意叫我做一次咖啡給他看，於是我就從磨咖啡豆的步驟開始做起，給他看看甚麼地方出了問題。

直至我準備利用咖啡填壓器（Tamper）填壓咖啡粉時，這位銷售員的朋友終於發覺了問題所在了。他馬上道：「你應該在填壓咖啡粉時將把手向硬物撞擊一下，因為你現時的咖啡粉在把手上分佈得並不平均；你要讓它們平均分佈，你才能沖出一杯好的 Espresso。」

我猶如當頭棒喝！原來問題並不是來自份量、機溫、水質等這些淺而易見的問題，問題是來自那神聖的一撞！怪不得我上了那麼久的討論區也找不到答案，而其他網友對我所說的也是一頭霧水。這個問題，如果沒有親身看到，又或者沒有經驗的話，是很難知道的。

到最後，因為我將把手撞擊了硬物一下，咖啡粉的分佈變得非常平均，而不用我說，大家也估計得到，我終於第一次沖出一杯我自己極為滿意的Espresso了。

老師的作用

除了這一撞使我能夠沖出一杯好的咖啡之外，最重要的，就是讓我知道，如果你要在那個領域上出眾，你就要在那個領域之中找到一個好的啟蒙老師；好的啟蒙老師未必可以每樣事情都告訴你，但只要他能夠引領你走進另一個境界，也就已經很足夠了。

這個想法，和我的過去不謀而合。回想我的過去，我每一樣專業，例如風水、紫微斗數、記憶術等，都有著最好的啟蒙老師。我的

知識並非全部都是這些啟蒙老師所教，但當時確是這些老師令我走進另一個層面。

除了興趣，自己的工作或專業之外，做人也是一樣；你要成功，你就需要一位令你成功的啟蒙老師。當然，你也要有心向他學習才成；如果你沒有心學習，你就可能和成功人士所僱用的駕車司機一樣，永遠都是駕車司機。駕車司機雖然從早到晚都緊貼著身邊成功的主人，但由於他沒有刻意學習或討教，所以最終也可能只是一個司機而已。

當然，自己摸索也可能會達致專家或專業的境界，但這條路就一定不容易走了，而且，你也可能走了很多冤枉路才可以成功；老師就像一條捷徑一樣，令你走少了很多冤枉路；最重要是，他可以帶你步向成功的領域！

THEORY 03
掌握機遇規律

「機遇」就像「線」和「點」一樣，機就是線，而遇就是點。每個人一生之中都有很多機會，但沒有多少人能夠準確把握。機遇和運氣一樣，都是最難捉摸的東西，可是它卻對我們非常重要；一個人沒有機遇，這個人就一定不會成功；終其一生，都只是過著平凡的日子。唯有遇上機遇，我們才可以平步青雲，一生過著富足的生活。

28 機遇的點與線

「機遇是可遇不可求的！」

有很多人都這樣說，你同意這個說法嗎？還是相信憑努力可以「創造」機遇？

　　有很多人認為，機遇或運氣都是偶然的事情，抱有這種想法的人和「守株待兔」一樣天真。他們大都擁有「守株待兔」的經歷，可能有一次在無意之中經歷了令自己突破的機會，就以為機遇好像從天掉下來的餡餅一樣，自己無法控制。但我可以告訴你的是，凡事有果必有因，機遇是偶然中的必然，也是必然中的偶然。

機遇是偶然中的必然

　　「機遇」就像「線」和「點」一樣，機就是線，而遇就是點。每

個人一生之中都有很多機會，但沒有多少人能夠準確把握；這是因為人在小時候已經受到家長式的教導，做每件事情都要循規蹈矩，不能行差踏錯。可是，機會就是那些突破常規的事情，要看別人所沒有看到的，所以一般人並不容易看到機會。

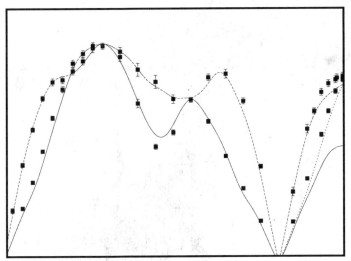

「機遇」就像「線」和「點」一樣，機就是線，而遇就是點。

我有一個客人，我們稱他為志豪吧，他在工作了20年後，決定自己開一間咖啡店。由於當時上樓咖啡店還未興起，而他也沒有做生意的經驗，所以不到半年已經蝕光了所有的金錢。從此之後，他做每件事都變得很猶疑，甚麼都要猜度一番；到最後，他無奈地做回他的老本行——會計。

雖然生活不是問題，但也談不上富裕。過了數年，他的一位好朋友打算開咖啡店，問志豪有沒有興趣入股。他想了一想，總覺得不是味兒；當初開咖啡店那份挫敗感還歷歷在目，所以一口拒絕了；那位朋友也沒有勉強志豪，後來自己找了另外一位朋友合資，在旺角開了一間上樓咖啡店。

由於當時上樓咖啡店正值萌芽階段，報紙也有廣泛報導，所以開店之後生意做得非常好，沒多久已經連本帶利賺回來了，而志豪也平白失去了一個賺錢的黃金機會。

志豪的失敗，令我們得到了一個啟示，就是做人要懂得審時度勢，一次的挫敗，並不能代表甚麼，機會常常都會在你我身邊發生，但如果自己不冷靜分析一下而平白錯過了機遇，則與人無尤。機遇自有其發生規律因為機遇表面看來好像不能控制，就好像突如其來發生一樣，所以大部份人都認為機遇是神秘莫測的。不過，機遇既然是偶然中的必然，就一定自有其規律。其實機遇就好像麻鷹捕捉兔子一樣，麻鷹在天空盤旋就是「機」，而麻鷹捕捉到兔子的一刻就是「遇」；有「機」，但沒有「遇」，你還是不會成功的。有很多人都只愛空想，想著身邊有甚麼的機會，可是卻從來沒有切實執行，所以到頭來也沒有成功就是這個道理。因為他們只想著有「機」，卻從來沒有切實執行，令自己遇到這些機會。

　　相信大家都有聽過「刻舟求劍」這個故事。聽起來很可笑，但現實生活之中有不少人，甚至你可能也是如此。機會過去了，才去想著怎樣遇到機會，又或者以為自己已經遇到機會。最常見的，就是某些東西熱潮已經過了，才想著趕上尾班車，以為自己照做就會遇到 年難得一見的機會，這種想法是不會成功的；機會是要做別人還未做到的東西，又或者是剛開始流行的東西，這些才叫做機會。

　　當然，並不是所有的機會都會轉化為財富或成功。我常常對我的學生說，我們並不需要準確捕捉每一個機會，我們只需要一個機會去令自己人生有徹底改變就可以了。一個人成功，不用每年都要遇到一個千年難得一見的機會才可以成事的。我們只需要捕捉到一個機會，而這個機會可以改變世界，已經足夠改變你一生的際遇了。好好細心地想一想你身邊的機遇吧！

29 一個機會 改變一生

著名的時裝設計師皮爾卡丹（Pierre Cardin）在年輕時是一名小會計，後來當上了一間時裝店的學徒。在一次偶然的機會下，他認識了一位老伯爵夫人，憑著老伯爵夫人的關係，他加入了當時巴黎最著名的時裝設計公司當裁縫。後來他自資創業，成立了擁有自家品牌的時裝公司。

經過五十多年的努力，Pierre Cardin 現已成為世界知名品牌，全球分店超過 100 間，而他的財富超過 100 億港幣。

他的際遇是偶然發生，還是一早已經預料得到呢？

　　Pierre Cardin 是世界知名的品牌，而他的成功，關鍵點就在於老伯爵夫人找他轉到當時巴黎最著名的時裝店那一刻。

　　每個成功的人都有著自己的際遇，而多多少少都有這些偶然的一

刻。就好像皮爾卡丹的例子，他並未能預料有一天，會有一位在社會上有名望，在時裝界有著強大人脈網絡的老伯爵夫人會來找他。

那麼，這位老伯爵夫人為甚麼會來找他呢？

原來，這位老伯爵夫人買了一件衣服，她穿了之後覺得手工精美，所以她一定要親自拜訪這位裁縫，看看到底是一個甚麼樣的人製造出一套這麼巧奪天工的衣服。

皮爾卡丹事前絕對不能預料得到會有一個這樣的機會令他改變一生。但另一方面看，如果皮爾卡丹的手工並不是那麼好的話，他也絕對不會有這一個機遇。

在我的作品「思想改變運氣」之中，我對這種現象有一個很詳細的解釋，我們稱之為「爆發點（Tipping Point）」。

爆發點反映事實

每個人都會有自己的爆發點，而我亦清楚指出，雖然爆發點是突如其來的，但並非代表你到那時才用功，然後攀上那個爆發點；這可能是改變你一生的轉捩點；例如升職加人工一樣，它只是反映一個事實，反映你平時的努力，最終得到了回報，而絕非你在加薪升職之前那一刻你才突然努力吧；它的過程是日積月累，然後到了某一個時間爆發出來。

在皮爾卡丹的例子之中，他其實在過去一直有用功，直至時機成熟，機遇就來了；如果他沒有這個「巧奪天工」的能力，我相信這一刻永遠都不會來到他的身上。

這個例子可以說明，機遇並不能由你完全百份之一百控制，但你的努力是不能缺少的。

有時候，我們每天都做著同樣的事情而覺得枯燥無味，其實這正是我們「紮根」的時候；當機遇一來到時，就誰也擋不住，我們馬上就可以去到另一個層次；但如果平常沒有「紮根」的想法的話，機遇就根本不會來找你，因為你根本就沒有那個準備，而且也沒有人會賞識你；這種情況，最常見於那些自怨自艾，一味只懂說自己的運勢不如人，又或者那些常常說人家怎樣好，怎樣幸運，卻從沒有想過原因的那些人。

世界每天都在變化，並非所有時候都會適合我們發展。但人生漫漫長路，總有些時候會配合我們的努力，而發展成為機遇；這時，我們就要像痳鷹看準兔子一樣，一擊即中！

30 看別人看不到的事情

1984 年的奧運會在美國洛杉磯舉行，所有美國商人都想在這次奧運會中宣傳。他們各出奇謀，很多品牌都送大禮給得到金牌的美國奧運選手，例如汽車、洋房等等，但這些都花費不菲。

如果你是一名生產朱古力的商人的話，你會有何辦法，不花費一分一毫而可以令到全美國人都因為這次奧運會認識你的產品呢？

為你的目標設錨點，然後再想想怎樣達成目標。

我就這個問題問過很多人，但大部份人除了說贊助奧運會金牌選手吃朱古力之外，別無它法；當然，這個方法好像是行得通，不過卻會花費大量金錢；在當時，有一個朱古力生產商，就想到了一個方法，完全不用花費分毫，而達到很強大的宣傳效果。

生產商的奇招

他的方法是這樣的：與其花費大筆金錢去贊助奧運選手吃朱古力或賣廣告，不如利用「可以吃的奧運金牌」的點子更能收到宣傳效果。他製造了一批「奧運金牌」朱古力，然後在奧運會場門口免費派發。群眾都覺得很新鮮，都紛紛拿來往咀裡送；雖然免費派發也要成本，但比起贊助來說，卻是便宜得多了。

由於這些朱古力有賣點，記者們都紛紛採訪，而且都登上了報紙的當眼位置。我們都知道，在報紙的當眼位置登廣告是很昂貴的，這個朱古力的製造商想出了這個方法，正好省回一筆龐大的廣告費。

他成功的關鍵是甚麼？就是看出別人看不到的東西而加以發揮。

同樣的事情，發生在香港的著名壽司店「板前壽司」身上。

板前壽司的理念

若干年前，香港也有一些很便宜的壽司店，又或者超級市場也有

售賣壽司，但你要吃到一客好質素的手握壽司則要光顧地道的日本壽司店，而且價錢也不便宜。

而板前壽司則看到這一點，決意要提供「質素好但價錢便宜」的手握壽司，於是便開始在車水馬龍的地區開設了壽司店。由於用料新鮮、價錢相宜，很快就吸引了一大班喜歡吃壽司的朋友定期光顧。它永遠是坐無虛設，無論你在何時來到，都一定要等一個小時，甚至乎兩個小時以上才可以入座，誇張程度可見一班。

他的成功之處，是看到當時的社會普遍壽司店的情況「質素好，價錢貴」及「質素差，價錢平」的盲點。其實這是雞和蛋的問題，要質素好，來貨自然要快、要多；賣得也自然快；賣得快，薄利多銷，價錢也自然可以平，這些都是很簡單的道理。

自從板前壽司開店之後，的確搶了很多傳統壽司店的生意。那些便宜的壽司店，由於價錢和板前也是差不多，所以競爭力驟然下降。

最令我印象深刻的，除了食物的質素之外，是板前壽司的師傅，有部份是日本人，這樣會令我信心大增；此外，店裡也會播放著日本歌曲，裝修也和日本的壽司店差不多。反觀那些便宜的壽司店，店內清一色是香港人，裝修只是一般，而部份壽司店竟然在店內播放香港流行曲！單是這一點，已經令我「很有理由」不再去光顧這些便宜壽司店，而改去光顧板前壽司了。

做別人看不到的東西，然後加以運用，你的機遇就會來臨！

31 等待機遇
不如發掘機遇

請想想「等待機遇」和「發掘機遇」有甚麼不同？你是那一類型的人呢？

　　許多人都會覺得自己貧窮，又或者覺得自己技不如人，其實每一個人都有同等的機遇去令自己成功或富有，分別就只在你有沒有好好去把握而已。根據美國的統計所得，超過八成的成功人士在掘第一桶金的時候，都是在自己家中或離家不遠處創業，而且都是滿足人們基本的需求。為甚麼會有這樣的情況呢？原因有二：

　　1. 人會對自己經常遇到的環境熟悉。而自己的家，或家中附近，就是經常遇到的環境。

　　2. 大部份人都是對現實生活有所不滿，一句「我怎樣才能解決這

個問題?」而牽起一個念頭,繼而創業;例如「吉列鬚刨」就是一個很好的例子,發明人因為利用刀片剃鬍子的時候擦傷了臉龐,所以一怒之下才發明了這件改變了他一生的產品。

由此可見,機遇是要自己發掘回來的。如果只是等待,即我們廣東話的「等運到」,你極有可能一生都得不到任何機遇。但不過大部份人都是如此。

運勢來臨主動出擊

來找我用紫微斗數批命的人都有一個誤解,就是他們都想知道何時運氣會來臨,這樣他們就可以不用工作,坐享其成。其實這是一個很錯誤的想法。當然,我並不排除運勢好些的時候,做任何事情都會很順心,暢通無阻;但如果你想著運勢來臨你就不用工作的話,你就大錯特錯了;其實正正相反,運勢來臨的時候,你更加要努力去把握機遇,當運勢一到時,你就可以馬上成功,找到命運的關鍵點。

我有一個客人陳先生,他是一間上市公司的總經理。工作了多年,由於辦公室政治問題,他被公司開除了。他被開除了之後非常苦惱,於是來找我問問有何解決辦法,也順道問一下他將來的運勢怎樣。

我當時一開他的星盤，發覺他的命運之中將會有重大的轉變，於是我就對他說明。他聽後大惑不解，因為那時候正是他人生最失意的時候，於是請求我解釋清楚。

朋友之間所帶來的機遇

我依星盤回答道：「你的星盤顯示你將會在人生有重大的轉變，看來你被公司開除，就是應驗了這組星象；不過請別擔心，因為星盤顯示你還會在事業上有另一番大成就，你就試試再找其他工作吧，一定會找得到的。」他當時不甚同意，因為他完全沒有心機去找工作，他也肯定找不到比以前那份總經理更好的工作。於是我提醒他要主動發掘機會。

我繼續道：「其實你不妨主動一點向你身邊的朋友放點聲氣，叫你的朋友幫你留意有沒有適合的工作可以介紹給你；我深信你一定能夠找到一份比以前更好的工作，最重要是積極及採取主 。」

他果然聽我的說話，在第二天開始就主動聯絡朋友出來飲茶，順道說及他的近況，也著朋友幫他留意有沒有適合他的工作。

不出兩個月，他有一個朋友打電話給他，說有一個職位很適合他。而這個職位是一間上市公司的跨國總裁。人工比以前高百分之三十，職位也比以前高很多。

他在上了新工之後特意來多謝我。我對他說：「人生最重要是主動發掘機會。況且，我看到星盤顯示你的工作運還未到盡頭，不然我會建議你提早退休。」

如果陳先生只懂自暴自棄，終日呆在家裡的話，他的朋友就肯定不知道他的近況，即使有這樣的一個好職位也沒有機會介紹給他。

所以，做人最重要是發掘機遇，然後好好把握！

32 時勢做英雄

兩個鄉下人到城裡打工，一個去北，一個去上海。

在車站等候時，他們都聽到別的乘客説，上海滿是商機，差不多連問路都要收錢；而北京人則甚有人情味，如知道你沒有錢會給你衣服…

原本打算去北京的人心想，還是去上海好，賺錢機會多的是；原本打算去上海的人則心想，還是去北京好，即使賺不到錢也還可以生活下去。

就這樣，他們雙方都同意交換車票。去上海的鄉下人，由於到處都是商機，所以他每天都不停的掙錢；而去北京的鄉下人，發覺北京果然不錯：銀行有免費白開水喝，商場也有試食攤檔，沒有一天是餓著的。

幾年之後，到上海工作的鄉下人，已經開了一間企業，有一次他因為公務而要到北京，在北京的車站裡看到當年和他交換車票的鄉下人，他正在站裡檢拾水樽。

這是機遇嗎？如果當天兩人沒有交換車票又會如何？

環境會製造機遇

我常對大家說，不同的環境就會有不同的機遇。

像以上故事所說的兩個鄉下人，如果他們當初沒有交換車票，去北京的那個人，還是可能終日遊手好閒，而去上海的那個人，則可能因為客觀環境而勤力起來，繼而奮鬥，獲得成功。

環境及童年教育的重要

環境對我們來說是很重要的。童年時的教育和父母的教導對我們影響至深，童年時沒有受過良好教育的人，大多都會眼光

不同的環境會製造不同的機遇。

狹窄，雖不至於一定沒有成功機會，但就肯定要花一番心機才可以獲得機遇，因為他們小時候就是在這種環境長大；相反，童年時受過良好教育的人，因為眼光不同，看的事物都會不同，所以長大之後，有很多新的東西都會敢於嘗試，而且自身也培養出一種適應能力比較強的性格。

有很多父母都會有一個誤解，就是不停的管教孩子就會令他長大成才。這樣不行，那樣不行；例如孩子在班上被同學欺負時，只會教他：「好男不與女鬥，大明是很強壯的，乖！別哭，讓媽媽疼你！」然後一把抱著孩子入懷。這樣做，孩子每當被人欺負時，都會產生「我一定鬥不過他」的念頭。久而久之，這種觀念根深蒂固，即使長大之後對命運也是抱有這種想法。「算了吧！人不可以和天鬥，我也別和生活環境過不去，就這樣平平淡淡的過一生吧；也不錯呢！父母從小就這樣告訴我的了。」

我們並不能控制機遇的來臨，就好像爆發點一樣，你永遠無法知道何時會發生；但你可以順著水流，令到船隻以較快的速度航行，這樣就會快一點到達目的地。而這個水流，就是時勢；審時度勢對我們來說是非常重要的。如果時勢不就，任你怎樣努力也還是得不到成功，因為世界的潮流或趨勢是一股強大的 力，很少人可以違反其原則而行。

大限已到，機遇就會失去

　　例如紗廠就是一個好例子。在70年代，香港有幾間很有名的紗廠，他們在那時都是如日中天，員工數千，而公司每年都有可觀的盈利；到後來綿紗工業漸漸北移，很多布行都走到大陸訂綿紗，因為價錢比香港便宜很多，即使加上運費也遠遠及不上香港價錢的一半。所以在90年代中期，綿紗工業在香港已經變成「夕陽工業」，任你有多大的本事也不能點石成金。另一個例子就是傳呼行業。在80年代開始，傳呼機日漸普及，那時候，手提電話還未興起，而傳呼機就是出外工作時的唯一的通訊工具；很多香港人那時候都當傳呼員，在社會上需求甚大。到後來手提電話日漸普及，傳呼機也不再是每個人的必需品了。到了現在，差不多每個人都有一部手提電話，但一百個人也未必有一個擁有一部傳呼機。此後，傳呼中心也向北移，而香港的傳呼機中心也相繼淡出。這就是時勢的轉移所帶來的影響。

　　所以，機遇也可以想成「在適當的時候做適當的事」。只要你有眼光，能夠冷靜分析，何時何地都會有商機。

YouTube的機遇

　　人是要不斷轉變的。這點我在「思想改變運氣」裡已經講過，如果能夠把握時機，每個人都可以提早遇上機會。YouTube 就是一個很好的例子，這個網站利用了人喜歡「分享」的特性，在短時間內已經

躍升成為最受歡迎的網站；它的成功不無原因，是因為創辦人懂得審時度勢，看得出現代人的需求，才會得到這樣成功的結果。

不講不知，原來YouTube的創辦人在開始時並不是想到這個點子的。他們的網站在開始時只是一個交友網站，不過就是加上寄存空間，給網友自己上載自己的短片上去，藉此吸引別的網友結交。YouTube的創辦人從來沒有想過後來網站會發生巨變，成為全世界都熟悉的影片上載網站；而這也清楚說明，有很多事情一開始是未必預料得到的，不過如果YouTube的創辦人一開始不想出一個可以上載短片的交友網站的話，就一定不會得到這樣成功的結果。

所以，有時候我們不必想得太遠，做自己可以做的事情就可以了。當時機一到，就誰也沒有辦法阻擋；這正如播種一樣，我們在平日努力播種，我們未必會預測得到那粒種子會最快長出樹來。但如果天時、地利、人和都能夠配合的話，就一定會有種子長出茁壯的大樹！

33 機遇從智慧而來

有很多人都問我，他們都勇於接受挑戰，也努力去發掘新的機遇；但到頭來，他們的工作還是一團糟，不但得不到機遇，運氣也好像離他們很遠。

他們都請教我，機遇從何而來？

我給他們的答案是：機遇從智慧而來。

　　這個問題我被人問過很多次，就是「機遇從何而來？」我可以對大家説，機遇是不能複製的。有很多人都以為看到別人成功的話，乾脆做他們的那種生意或模仿他們的手法就可以了。而事實上，大部份「抄橋」的人，到頭來都獲得失敗的下場，因為在市場上，他們都被人佔了先機，而後來趕上的，失敗的機會自然會高得多。例如開咖啡店及開食店就是一個很好的例子。

很多咖啡店或食店，關了又開，開了又關，做的都是同一種生意。後來接手的人根本就不明白為甚麼上一手會結業。他們沒有客觀地去分析而接手，自然會落得失敗的下場。

機遇由預測而來。雖然預測未必一定百分百準確，但如果你有智慧的話，你還是可以作出有限度的預測。而智慧的培養，則是由日常生活的觀察所得來。

培養觀察力看出機遇

我有一個習慣，就是很留意各大小街道上的舖頭，由他們開業開始，一直留意他們的經營模式，然後預測他們的生意能否做下去。這種預測，看似簡單，實則揉合了對該區的熟悉程度，店舖的經營手法，所賣的產品有沒有賣點，人流是否暢旺，租金是否合理等等；一個結論就已經集合了以上所有的元素，其實這就是在練習我的直覺；我的求生本能和我的智慧。

而我看一間店舖的興衰，就好像醫生在斷症一樣。得出「這個店舖還可以做15個月」、「這個舖頭可以長做」等等的結論。當然，我的預測不是百分百準確，但也可以達到9成以上。在十數年前，我的預測準確度只得3成左右，但當我越來越看得多，準確度也自然慢慢有所增加。

人山人海也要結業

例如，我有一次去吃火鍋，那裡有一個特價「醉雞湯底」，只是8元，其他的火鍋配料只是每碟10元。雖然吃那頓飯要等候很久，但很多人都覺得是值得的，而且火鍋店天天爆滿，生意好到不得了。

我記得當時就對友人說：「想要再吃這麼便宜的火鍋就要快點來多幾次了，因為我看它半年之內一定會結業。」友人不相信，問我原因。我道：「看它用這些材料，收這個價錢，怎樣計也還是沒有錢賺的；基本上它是「來一個，蝕一個」，看看我說的有沒有錯吧，它這樣做只是垂死掙扎罷了」，果然這間火鍋店在半年後就結業了，證明我眼光沒錯。

我建議讀者也不妨在閒時多留意一下，在行街時也加多這個練習。因為當你培養出這種「判斷別人商店是否能夠繼續做下去」的同時，你其實就是在考自己眼光，對你將來觸摸機遇會有很大的幫助。

試想想，如果他朝有一天你自己創業時，你已經可以為自己分析「這種生意開在這個舖頭成功的機會有多大」。你其實是為自己提升判斷能力，而這個判斷能力也直接影響你成功的機會。即使你沒有打算做生意也好，你在作出這些評估之中也可以提升你的判斷能力和直覺，對你的工作一定大有幫助。

不要「人云亦云」，要有自己的判斷力，你才可以找到你自己的成功路向，也不會錯失了客觀環境為你帶來的機遇！

34 世上沒有懷才不遇

德國政府顧問卡塞爾，在 1990 年東西德統一時想到一個絕妙的點子，就是在柏林圍牆倒下之後，將所有柏林圍牆的磚頭拿去售賣。

就這樣，柏林圍牆的 200 多萬塊磚頭，經過不同途徑的售賣方式，進入了 200 多萬個家庭之中。你想得到這樣的點子嗎？

在前文介紹的德國顧問卡塞爾，是商業界之中不可多得的奇才，他的一生都充滿傳奇，無時無刻他都會想到絕妙的點子來賺錢。

卡塞爾的特異功能

1972年，卡塞爾移居德國，他被當地的一間啤酒廠看中而成為銷售顧問。在任職期間，他開發了美容啤酒和沐浴用啤酒，令到那啤酒

廠在一夜之間成為德國最大的啤酒廠之一。

1998年，泰臣和荷利菲特博拳。後來泰臣一怒之下，竟然在台上咬掉荷利菲特的半邊耳朵，相信大家都有看過；而大部份看過的人都和我一樣，看過後就算了。可是卡塞爾卻因為這一幕而想到了一個方法賺錢，就是馬上生產「霍氏朱古力」，這個朱古力是一隻耳朵的形狀，來給大家試試「咬耳朵」的滋味。短時間之內，美國和歐洲的超級市場都把這種朱古力放在當眼的位置，而且銷售情況出奇意料地好。

這些例子充份說明卡塞爾怎樣能夠利用環境來賺錢。這些事情每天都會在世界各地發生，但是否能夠把握時機而令自己賺錢則又是另一回事。

奧運經營模式的大轉變

另一位商界奇才尤伯羅斯，在1984年的洛杉機奧運會當中，不但為主辦單位賺取過億元的財富，更重要的是他為後來的奧運會訂立了「奧運經濟學」的賺錢模式，以致後來的奧運會都有很多國家熱烈爭取主辦權。

在從前，有些主辦國在舉辦了奧運會之後都會出現虧損的情況，所以這一次美國政府首先作出了一個史無前例的決定，就是奧運會獨

立運作，美國政府不投放任何資金。

尤伯羅斯在接手之後，發覺這個主辦機構竟然連一個員工也沒有，於是他將自己的旅遊公司股份賣掉，然後將資金投放於招聘人才身上；因為他知道，奧運會要舉辦成功，就一定要有足夠的人力才可以。

尤伯羅斯接著就分析以往舉辦奧運會的主辦單位虧蝕原因，大都是因為浪費、舖張、浮誇所致。於是他以節省開支為一個大前題，務求做到「實際」、「有效」及「節流」的原則。

潛意識是在無意之間將一些觀點印入腦海之中。

以身作則，他在接手奧運會的籌辦工作之後，帶頭第一個不領任何薪金。經過他的影響，立即有數萬名義工不為金錢而工作，這點令他很感動；然後，他建議用回現成洛杉機的體育館，不再花費無謂的金錢去另開體育館；接著，他將當地的三間大學改建為奧運村。單單這三項建議，已經節省了數十億美金。

物盡其用，賺到最盡

然後，奧運聖火也可以利用來籌募經費。他利用捐款的形式，誰出錢誰就可以傳遞奧運聖火，每1,000米贊助3,000美元；至於廣告商贊助方面，尤伯羅斯是首位提出贊助不得少過500萬美元，而在這以前，都是要靠很多銷售員在各地游說商家贊助的，而贊助費也沒有一定的規限，但求有生意就可以了。尤伯羅斯這樣做無疑是開創了先例。

這樣做不單只沒有令到贊助商卻步，反而令到他們踴躍入標，希望在奧運會之中能夠展示他們的產品廣告；就這樣，奧委會最後選了30家贊助商，得到過億美元的經費。

此外，在電視轉播之中，尤伯羅斯打破了以往的做法，並不是所有電視台都可以轉播，而是要他們競投轉播權，價高者得；而電台轉播也是用競投的方法，到最後，這些轉播權為奧運會帶來3億美元的收入。

最後，整個奧運會的籌辦成本是5.1億美元，而盈利則是2.5億美

元，超出了預期的整整10倍。

　　尤伯羅斯的機智很值得我們學習。他很能在有限的資源當中，不停的找尋機遇來令到奧運會舉辦成功。有些客人來找我批算紫微斗數的時候，説他們怎樣「懷才不遇」、「時機未到」、「時不與我」等，其實這些都是騙人的。天下間絕對沒有懷才不遇這回事，有的只是你是否能夠準確捕捉機遇並加以利用而已。

　　「條條大道通羅馬」，所有的機遇看似巧合。每個人的機遇看似不同，其實那種機遇都可以成功，即如你每天都乘巴士上班，今天改了乘地鐵而已，你一樣可以到達公司。公司就是你的目標，而巴士、地鐵則是輔助工具。成功沒有特定的方程式，但幸運的人總有他們的共通點。

35 在擅長領域 發揮所長

我很喜歡模型，我也買過很多模型；但我有一個問題，就是砌模型砌得不好。從少至大，我幾乎沒有一副模型可以砌得成功的。在最近，我迷上了 IWC 手錶，因為它的廣告深深吸引了我，令我又再次興起砌模型的念頭。

那個廣告是這樣的：一個老人，坐在零件桌前，聚精會神地鑲一隻手錶，就是這樣簡單。

剛巧我在路過模型店時，看到有一副時鐘的模型；我剛想到那個老人，那個景象，於是就買下來，看看是否能夠有心機砌出一副模型。

回到寫字樓之後，我砌了兩個小時，還完成不到五分之一；就在這時，一件零件因為我用力過度而折斷，整副模型就此報銷。

善用個人長處

在以前，我對砌模型就已經不是十分在行。多年之後，因為受到一個鐘錶廣告的感染，一度令我以為有心機就可以做到任何事情，其實是不行的。

我不想大家盲目地以為「努力就一定找到機遇」，所以我特意要來分享一下，免得大家走了冤枉路而不自知；到頭來時日過去了，卻一事無成而找不出原因。

多年之後的我，無論怎樣再花心機，也還是不能完成一副模型。

人生就是這樣，並不是你想在哪一個領域發展，你就一定可以得到成功；多多少少，你也需要有一些天份，才能夠在你所想發展的區域之中冒出頭來。

認清自己的長處

唱歌就是一個很好的例子。有很多人都會很喜歡唱歌，卻沒有多少人因為後天很努力練歌而歌藝因而轉好的。努力練歌可以提升技巧，但如果你沒有那個天份，你還是不行的。所以，如果要迎接機遇而成功的話，也要先弄明白自己的長處、方向及興趣才行，從而令你在成功的路上容易行走些。

我們有時都會去唱Karaoke，我也有。我看過很多人，一個星期

都會去兩、三次Karaoke，但唱來唱去都不覺得怎麼樣，有些人甚至乎唱得很難聽。

相反有些人，可能根本連基本的唱歌課程也沒有上過，但一拿起咪，唱出來的歌曲都是非常好聽。他們也可能覺得這些都是很自然的事情，一拿起咪，跟著歌詞唱就可以了，其實這些就是天份的表現。

不過這些唱歌很好的人，大部份到最後都沒有因為唱歌好而做了歌星，也沒有因為他們這個長處而為他們帶來金錢。因為他們覺得唱歌只是一種娛樂，並沒有花太多心思去鍛鍊自己的歌藝，又或者想著入行，所以機會也因此而流失；而有一個人，她因為要發展自己的理想而成為現時人人皆知的香港著名女歌手，她就是容祖兒小姐。

容祖兒的機遇

在電視節目「志雲飯局」之中，容祖兒小姐道出她自小就已經對唱歌有著濃厚的興趣，她在讀書時期已經報名參加不同的歌唱比賽，而後來她在其中一個歌唱比賽之中拿了獎，自此得到了一份歌星合約。

不過，容小姐的事業發展並不是一帆風順，她後來被解了約，然後再加入她現時的唱片公司；在當時，她並沒有因為原來的唱片公司跟她解約而意志消沉；相反，她因此而積極進取，後來成為了香港最

受歡迎的女歌手之一。

　　如果容小姐在早年沒有參加歌唱比賽，她到現在可能還只是一名普通的職員，但她選擇了主動爭取，而且在她的長處範圍之內主動爭取，到最後獲得了成功。

　　像這些成功的例子比比皆是，成功沒有一條特定的路，但有其運轉的法則：就是主動出擊，但不是亂石投懷，而是要在自己的長處範圍之內主動出擊。

　　所以，當你發現了自己的長處的時候，其實機遇就已經在你手中，如果你能夠主動爭取的話，你就有機會獲得成功！

　　「天生我才必有用」，每個人都會有特定的長處，分別就只在你能否及早發覺而已。

36 機遇方程式

我們常說「運氣」，當中的「運」和「氣」都是無聲、無息及無形，這些都是抽象的東西。

我們不能預測機遇，但我們可以透過特定的方程式而將機遇篩選出來，成就自己。

　　沒有人能夠清楚計算機遇的來臨，因為這是天機。但機遇是否不能把握呢？卻又未必。這正如到街市賣菜一樣，街市每天所賣的菜都會不同，但我們可以就當天街市的菜種和質素，篩選出最好的菜然後買回家。

把握機遇的三個重要步驟

　　每個人的機遇一定都不會相同，這點我們一定要清楚，明白。我

們不能預測機遇，但我們可以通過以下三個步驟來將機遇轉化為自己的成功要素。

吸引機遇

機遇在街上到處都是，但並不是每一種機遇我們都可以把握。例如前文所說的唱歌機遇，假設現在香港有一個歌唱比賽，如果勝出的話你會得到一億元獎金。如果你唱歌天生就是不行的話，無論你怎樣努力都還是得不到這些獎金的。

儘管如此，我們還是可以像漁翁撒網一樣，盡量張開魚網，以魚網的面積來決定我們面對多少的機遇。漁網張得越大，你得到魚獲的機會一定會增多。

識別機遇

不是每一種機遇都可以令你飛黃騰達。有時候，一些表面上看來是很好的機遇，實際卻是陷阱。所以，在吸引機遇的同時，你還要有識別機遇的能力，才可以趨吉避凶。

識別機遇的要點，就是要審時度勢。別因為一時衝動，而做出一些自以為很聰明的事情。香港有「祈福黨」，就是看準了這些自以為是的人。他們以為遇到了萬年難得一見的機遇令他們發達，又或者可以避過一個大劫，其實這些都只是一些假象而已。

作出反應

對機遇作出了識別之後，接下來就是要對機遇作出反應了。而對機遇作出的反應，是要正面及積極。識別了機遇而不作出反應的人，遇到了多好的機遇也還是得不到成果。

我身邊有很多朋友，都會很懂得分析目前身處的形勢。由經濟說起，到大公司企業的變化，香港的潮流，都有很獨到的見解；他們有時還會建議下一步應該怎樣做就會「發達」。可是過後，他們都照舊回到既有的公司工作，生活還是這樣過，絕對沒有任何變化。為甚麼呢？就是他們即使預測到下一個機遇在哪裡，他們卻沒有執行的勇氣，甚麼都只是空想而不去實行；這樣的人，無論多有遠見都好，人生都沒有可能出現任何變化。

唯有對機遇作出反應的人，才能改變自己的人生。

我們不能預測機遇，但我們可以透過特定的方程式而將機遇篩選出來。

繼續發呆
還是立即行動？

　　一直以來，運氣都是令人感興趣的課題，只因為沒有人會將運氣拒諸門外。但運氣卻令人難以捉摸，所以運氣自古以來都披上神秘的面紗，沒有多少人能夠參透當中的玄機。看過本書之後，相信你已經明白，你其實是可以做很多事情去令運氣提早到臨的。這本書並不是憑我一己之力完成的。這本書之所以能夠面世，全憑一班支持我的網友、客人及朋友，他們在知道我將會寫這本書之後，都義不容辭，紛紛參加我這個大型的問卷調查；他們在受訪時都會有自己獨到的見解，而且這些觀點都成為我這本書的參考資料。所以這本書其實是大家合作的成果；對於支持我的朋友，我在此致以萬二分的感謝。希望大家在閱讀這本書之後能夠身體力行，將書中所教的方法馬上實踐，你就能夠馬上改變你的運氣！

心理學家的選擇建議

面臨抉擇之時，許多人經常猶疑不決，關鍵之一在於他們欠缺決斷力。

決斷力，指針對自身的特點選擇適合行動方案的能力，即通常所說的「理性選擇」，決斷力薄弱會引起心理困擾。決斷力的強弱，通常反映了一個人對於行動的作用和後果的把握程度。當面對心理緊張時，決斷力強的人能迅速做出適當的決定以緩解心理緊張。

選擇權與快樂感

1976年，美國心理學家蘭格（Langer,E.J）和羅丁（Rodin,J）進行了一項選擇權與快樂感的相關研究。他們隨機挑選了兩組老人，給他們安排了相同的生活條件，不同的是，實驗組的老人對生活安排有很大的決策權，而對照組的老人只能被動地接受養老院的安排。

3周後的結果發現，93%的實驗組老人感覺更快樂也更有活力，而對照組老人感覺良好的只有21%。蘭格和羅丁從研究中得出結論：抉擇權帶來

的自我責任感、生活控制感能使人生活質量提高，生活態度變積極。

但另一方面，心理學家發現：選項太多，往往會弱化我們從選擇中得到的滿足感。特別是當代社會快速的生活節奏迫使我們必須對很多事情迅速作出反應，怕做錯選擇的恐懼感使我們猶豫不決，備受困擾。

適合自己的選擇

那麼，如何才能做出適合自己的正確選擇呢？

美國心理專家蘇·威爾士（Suzy Welch）的方法是：預測未來會幫你意識到什麼對你更重要，從而做出正確選擇，他稱為「10－10－10人生抉擇策略」。這種策略要求人們假想在未來的10分鐘、10個月到10年期間，事態發展會導致何種結局。有了這個結果後，你就可根據自己的情況作出決定。

蘇·威爾士提出「10－10－10人生抉擇策略」

簡化選擇更快樂

心理學家的貝里·司瓦茲（Barry Schwartz）在《矛盾的抉擇》（The Paradox of Choice）中表示，選擇性太多，無論最後所做的抉擇或後果為何，人仍無法真正獲得滿足感。因為人們總認為，也許還有其它更理想的選擇與結果。我們總是花太多時間與代價，在反覆思索，到底那項選擇才算真正值得。尤

心理學家的貝里·司瓦茲認為，惟有做出決定後，才會真正感到自在。

其面臨重大抉擇時，我們更容易被得失心所左右，希望做出的決定必定是對自己有利的。事實上，惟有做出決定後，才會真正感到自在。

心理學家提供以下幾點建議：

1. 做出決定的最好的辦法就是，凡事要求佳即可，不一定要絕佳或完美。

2. 對日常瑣事和購物，養成在有限的時間內做出決定的習慣，對自己有信心。

3. 學習從錯誤的經驗中記取教訓，下次做好。不要花太多時間後悔已做的決定，也不要為錯誤的結果自責。

4. 將現實面納入考量，讓願望落實。想得到一切的慾望，是不快樂的根源。

5. 敢於嘗試，並勇於承擔後果。克服因為做錯決定而有情緒上癱瘓的情形。告訴自己：即使做了一個錯誤的決定，也總比什麼都不敢做來的好。不經一事，不長一智。你仍然可以從錯誤中學習到寶貴的教訓，總結教訓，讓下次做的更好。人生中偶爾觸礁並不一定不好，比起那些連第一步都踏不出去的人，勇於嘗試其實收穫更多。

6. 不要回頭。一旦做了決定就要勇往直前，不要再三心兩意。如一句俗話所言：選擇你所愛的，愛你所選擇的。

打波才落雨　迎來好運的36堂課

作　　者：龍震天
責任編輯：尼頓
版面設計：陳勁
出　　版：生活書房
電　　郵：livepublishing@ymail.com
圖　　片：Pixabay、PEXELS、StockSnap.io
發　　行：香港聯合書刊物流有限公司
　　　　　地址　香港新界大埔汀麗路36號中華商務印刷大廈3字樓
　　　　　電話（852）21502100
　　　　　傳真（852）24073062
初版日期：2018年4月
定　　價：HK$88/NT$280
國際書號：978-988-13849-2-8
台灣總經銷：貿騰發賣股份有限公司
　　　　　　電話：（02）8227 5988

版權所有翻印必究（香港出版）

（作者已盡一切可能以確保所刊載的資料正確及時。資料只供參考用途，讀者也有責任在使用時進一步查證。對於任何資料因錯誤或由此引致的損失，作者和出版社均不會承擔任何責任。）